KB018923

다이제스트

월든

다이제스트 월든

초판 1쇄 발행 | 2015년 3월 20일
지은이 | 헨리 데이비드 소로
엮은이 | 38요일
펴낸이 | 이봉순
펴낸곳 | 다인미디어

주소 | 서울시 중구 예장동 1-51 | 전화 02-2274-7974 팩스 02-743-7615
등록번호 | 제 301-2009-108호
등록일자 | 2009. 6. 2.
ISBN 978-89-87957-78-4   13840

다이제스트
월든

DIGEST WALDEN

헨리 데이비드 소로 지음 / 38요일 옮김

다인미디어

일러두기

1. 원문은 Project Gutenberg의 텍스트를 기초로 했습니다.
2. 우리나라에 서식하지 않는 동식물은 경우, 일치하는 명칭이 없으면 종이나 류로 표기하고 인터넷 검색의 편의를 위해 원어명칭을 뒤에 주석으로 첨부했습니다.
3. 측정단위는 이해하기 쉽도록 우리나라 법정계량단위에 따라 환산했습니다.
4. 첨자(*)는 인터넷을 활용하여 참고할 만한 동영상 및 부가자료가 있는 경우에 사용했습니다.

단순하게!

자연과 삶에 대한 진지한 탐구와 성찰

1845년 3월 말, 헨리 데이비드 소로는 에머슨에게서 도끼 한 자루를 빌려 월든 숲으로 향했다. 그는 월든 호숫가에서 2년 2개월 동안 숲에 흠뻑 젖어 살다가 문명세계로 다시 돌아왔다. 자연주의자의 삶으로 보기에는 너무 짧고 여행자의 삶으로 보기에는 한 곳에서 지나치게 오래 살았다. 이 애매한 시간 동안, 무엇이 소로를 숲으로 이끌었을까?

이해를 위해 소로가 숲속생활을 택하게 된 생각의 계기를 살펴보자. 소로는 1837년에 우연한 기회에 초월주의Transcendentalism, 초절주의라고도 함, 이하 초월주의의 대부인 랄프 왈도 에머슨Ralph Waldo Emerson(1803-1882), 미국 사상가 · 시인 을 알게 되었다. 소로는 자신의 생각이 에머슨의 사상과 비슷함을 깨달았고, 에머슨은 그때부

7

터 이 총명한 후배에게 깊은 관심을 가지고 물심 양면으로 후원했다. 두 사람의 친분은 소로가 죽을 때까지 이어졌다.

초월주의 세계관을 간단히 설명하자면, 하느님이 초월령Over-soul을 가지고 만물을 창조했는데 인간을 악하게 보는 신교도의 전통과는 달리 선하게 창조되었으며, 자연은 하느님의 거룩한 뜻을 인간에게 알리기 위한 수단으로 창조되었다고 보는 사상이다. 즉, 자연은 인간이 볼 수 있는 하느님의 그림자이기 때문에 인간은 자연을 보며 하느님을 깨달을 수 있다고 생각한 것이다. 이 세계관은 동·서양의 고대 철학자의 사상과 일맥상통하는 점이 있어 초월주의자들은 서양의 고전이나 동양의 경전과 사상에 심취하는 경향을 보이기도 했다. 초기인 1830년대 후반에는 종교적 색체가 강했으나 1840년대 초반 이후부터는 폭넓은 사상의 토대로 말미암아 문화·예술·문학·철학·사회계몽 운동의 형식으로 옮겨갔다.

에머슨은 1836년에 저서 「자연」을 통해 인간은 과거 전통에 얽매이지 말고 스스로 자연을 해석하고 통찰해야 한다는 의미심장한 주장을 했다. 에머슨을 만난 소로는 자신이 해야 할 일이 무엇인지 찾았다. 소로는 에머슨의 도끼를 빌리며 '물건을 빌리는 것이 빌려주는 사람에게 자신의 일을 소개하는 쉬운 방법'이라고 이 책에 적으며 오두막을 짓기 시작했다.

검소하게 살며 삶의 본질을 통찰하기

소로가 이 책을 통해 말하려는 것은 두 가지다. '검소하게 살기'와 '삶의 본질이 되는 진실을 마주하기'다. 이것이 그의 숲속생활 목표였고, 더불어 그가 독자에게 당부하고 싶은 얘기다. 소로는 사람들에게 검소하게 살기를 권한다. 부질없는 욕망과 집착이 공연한 근심과 걱정을 만든다. 사람들은 추위를 피할 수 있는 최소한의 의복과 주택이면 충분한데도 쓸데없는 치장으로 소중한 삶을 찔끔찔끔 낭비하며 부유한 미개인의 삶을 살고 있다. 그래서 삶을 단순하게 만들어야 한다고 주장한다. '자발적 빈곤'을 통해 여분의 시간을 가치 있게 활용하며 깨달음을 얻어야 한다고 믿었다. 이런 생각을 몸소 실천하고자 소로는 도끼 한 자루와 얼마 안 되는 쌈짓돈을 털어 숲으로 향한 것이다.

의도한 것인지는 모르겠지만, 소로는 미국의 독립기념일인 7월 4일에 숲속생활을 시작했다. 그는 아까운 삶을 진지하게 살며 삶의 알짜배기만 빨아먹으며 살고 싶어서 숲으로 향했다고 적었다. 알고 있던 삶의 지식이 옳다면 더 정확하게 알아내고 옳지 않다면 왜 옳지 않은지 낱낱이 밝혀 세상에 고하기를 원했다. 소로는 오직 진실, 즉 자연과 삶을 지탱하는 거대한 질서의 속살을 원했다.

진지한 탐구자의 기록

이런 사상의 배경만을 놓고 보면 소로는 '에머슨의 아류' 라는 당대 비평가의 혹평에서 자유로울 수 없을지도 모른다. 그러나 이 책의 진정한 가치는 내용의 대부분을 차지하고 있는 자연의 기록과 삶에 대한 통찰력이다. 소로는 순수한 열정으로 고독과 자발적 불편을 기꺼이 받아들이며 느낀 그대로의 자연을 섬세하게 기록했다. 계절에 따라 시시각각 변하는 풍경의 모습, 그리고 온갖 생물들에 대한 공평한 연민과 자연의 일부로서의 그 속에 투영된 인간의 삶을 통찰하고자 애썼다. 호수를 바라보며 인간의 깊이를 생각하고 흘러내리는 모래를 바라보며 나뭇잎과 인체조직의 성장을 읽어냈다.

사실, 자연만큼 위대한 선생은 없다. 우리는 누구나 자연의 일부라는 것은 인정하지만 서로 얼마나 유기적으로 연관을 갖는지 실감하지 못하며 산다. 인간이 아무리 문명화되어도 자연의 질서에서 한치도 벗어날 수 없다. 가치 있고 성공적인 삶을 원한다면 우리에게는 문명의 지식보다는 자연의 지식이 더 쓸모가 많을 것이다. 이런 점에서 소로의 선택은 옳았다. 우리는 그의 삶을 본받을 필요가 있다.

그렇다고 우리가 굳이 도끼 하나 장만해서 문명세계를 떠나 숲으로 향할 필요까지는 없다. 자연이 거대한 질서의 교과서이긴

하지만 문명을 등지고 은둔하라는 얘기는 아니다. 소로가 결국 말하는 점은 수동적인 삶의 태도와 탐욕스러운 마음을 비판하는 것이다. 2년 2개월이라는 시간의 의미가 여기에 있다. 1년은 관찰을 위해, 1년은 검증을 위해. 그리고 그것으로 충분했다. 그는 초월주의의 영향을 받았으나 편견에 빠지거나 이론의 공상에 머물지는 않았다. 모든 학문의 가장 기초적인 뿌리를 이루는 탐구정신을 실천했다. 인류의 위대한 발견은 이런 과정을 거쳐 태어났다. 이 책이 오랜 시간 동안 많은 사람들에게 영감을 주며 오늘 날에도 두루 읽히는 이유도 바로 이것일 것이다.

책의 말미에, 소로는 월든 호숫가를 떠나며 '아직 살아보고 싶은 몇 가지 삶이 남아있기에 떠난다'고 썼다. 45세의 아까운 나이에 생을 마감하지만 않았다면 우리는 위대한 탐구자의 흔적을 더 깊이 있고 다양하게 만났을지도 모른다.

『다이제스트 월든』은 바쁜 이들을 위해 간추린 입문서이다. 특히 과도한 학업의 와중에도 책을 읽어야만 하는 청소년을 위해 만든 책이다.

이 책은 먼저 각 장을 시작하기에 앞서 간추린 내용을 먼저 실어 그 장의 전체 내용을 이해할 수 있도록 꾸몄다. 그리고 저자의 문체와 표현을 감상할 수 있도록 핵심 내용을 발췌하여 수록했다. 발췌문의 선정은 역자의 의견에 의한 것이며 미흡한 점이 있다면 역자의 어리석음에서 비롯된 것이다.

모쪼록, 이 책을 통해 간략하게 『월든』의 내용을 살피고 훗날 기회가 된다면 부디 완역본을 찾아 천천히 음미하며 다시 읽기를 당부한다. 그리고 이 책에 오류나 미숙한 표현은 전적으로 역자의 잘못이므로 미리 용서를 구한다.

Contents

Economy
검소하게 살기

사치품의 대다수와 소위 생활편의품은 필수불가결한 것이 아니라 인류발전의 명백한 장애물이다. 사치품과 편의품만 놓고 봐도 제일 똑똑하다는 사람들은 가난한 사람들보다 더 간소하고 검약한 삶을 살았다. 중국, 힌두, 페르시아와 그리스 고대 철학자들은 물질적 풍요에 있어서 누구보다 가난했지만 내면은 누구보다 풍요로운 사람들이었다. 우리는 그들에 대해서 많은 것을 알지는 못한다. 그들을 이만큼이라도 안다는 것이 대견할 따름이다.

현대의 전 세계 개혁가나 사회운동가들도 마찬가지다. 우리가 자발적 빈곤이라 불러야 하는 초월적 입장이 되어 보지 않고서는 공평하고 현명한 인생의 관찰자가 될 수 없다. 사치스런 삶은 사치스런 열매를 맺는다. 그것은 농업, 상업, 문학이나 예술도 마찬가지다.

요약글 읽기

사람들은 왜 불행하게 살까?

사람들이 불행해지는 원인은 무지에 있다. 무지란 깨닫지 못한 상태다. 깨닫지 못해서 상속받은 재산을 유지하기 위해 평생을 밭에서 고된 노동에 시달려야 하고, 약간의 돈을 벌기 위해 거짓말과 아첨으로 비굴하게 살다가 병이 든다. 또한 깨닫지 못해서 옛사람들의 고루한 생활방식을 그대로 답습하며 가난하게 산다. 이런 삶은 절망과 고통으로 가득할 뿐이다. 그래서 근심과 걱정이 끊이질 않는다.

그렇다면 어떻게 살아야 하나?

우리는 우리를 괴롭히며 근심과 걱정을 만드는 것들이 우리 삶에 정말 필요한 것인지 깨달아야 한다. 욕심을 버리고 삶의 기초가 되는 최소한의 물품만으로 단순하게 산다면 노동과 고통에서 벗어나 더 나은 삶 살 여유가 생길 것이다.

사람이 살고 있는 온대지역의 생존필수요소는 '음식·주택·옷·연료'다. 이 요소들은 모두 생존에 필요한 온기와 열을 얻는데 필요한 최소한의 것들이다. 사치품은 오히려 인류의 발전을 방해하고 삶의 공정한 관찰자의 지위를 방해할 뿐이다. 옷이란 체온을 유지하고 사회적 체면을 유지하는 용도다. 그러니 새 옷을 잘 입었다고 해서 사람이 더 나아 보이거나, 헌옷을 입었다고 해서 사람이 할 일을 못하는 것은 아니다. 비싼 옷과 유행을 좇는 것은 사치다. 옷은 그저 수단에 불과하다. 그리고 주택은 자기 몸이 들어갈 수 있는 나무상자로도 충분하다. 굴에서 살던 초기 인류가 벽과 지붕을 만들면서 자연과 더욱 멀어지기만 했다. 집을 마련하고자 수십 년 동안 고되게 일을 하며 가난하게 산다. 집을 장만하고 치장하느라 가난해진 문명인들은 간소하지만 부유한 미개인만 못하다.

이렇게 최소한의 생존요소만으로 검소한 생활을 하면서 생기는 여유 시간에 자연과 삶을 통찰하기 위해 월든 호숫가로 들어가기로 결심했다.

어떻게 실천했나?

1845년 3월에 쌈짓돈과 도끼 한 자루를 들고 월든 호숫가로 향했다.

맨 먼저 한 일은 집짓기였다. 나무를 베어 기둥과 대들보와 서까래를 만들고 벽체와 지붕을 이을 판자를 구하기 위해 허름한 집을 헐값에 샀다. 겨울이 오기 전에 굴뚝을 만듦으로써 집짓기가 끝났다. 비용은 전부 28달러현재 시세로 환산하면 약 64만 원, 약 23배 차이 정도 들었다.

집을 짓는 동안 생활비를 마련하고자 농사를 지었다. 빈터에 콩과 감자를 주로 심고 식량으로 사용할 옥수수와 강낭콩을 심었다. 그것을 내다 팔아 8달러 71센트 정도의 순이익을 남겼다. 그리고 막일을 해서 13달러 34센트를 벌었다. 비용이 더 들었으나 애초에 준비한 쌈짓돈과 맞먹는 수준이라 비용이나 수익이 발생하지 않은 수준이었다. 대신 시간과 건강과 독립을 얻었다. 이 경험을 통해 아주 적은 비용으로도 충분히 생활이 가능하다는 것을 입증했다.

그 동안, 음식은 호밀과 직접 농사지은 옥수수가루에 효모도 없이 소금만 얹어 만든 빵으로 생활했다. 오두막에는 가구도 커튼도 없었지만, 그 대신 공부와 사색을 할 수 있는 자유로운 시간을 얻었다. 특히 소중히 생각한 속박 받지 않는 자유를 얻은 것이다.

사람들은 때로, 나의 삶에 대해 너무 이기적인 삶을 사는 것 아닌가 반문하며 자선을 권했다. 하지만 겉치레의 습관에 젖어 수단에 불과한 자선보다는 무한히 흘러넘치는 자애로움이야말로 많은 죄를 덮을 수 있는 진정한 자선이다.

본문 읽기

이 글의 많은 부분을 쓰고 있을 무렵, 나는 사람들과 멀리 떨어져 매사추세츠 주의 콩코드에 있는 월든 호숫가*의 손수 지은 집에서 숲에서 혼자 살며 순수한

* 월든 호수의 모습: '트립어드바이저' 사이트의 검색창에 '월든호수'를 검색한 다음 방문자들의 사진을 보자. 호수의 다양한 모습과 소로의 기념유적도 볼 수 있다.

노동만으로 생활하고 있었다. 거기에서 2년 2개월을 살다가 지금은 다시 문명화된 삶을 살고 있다.

만약 마을 친구들이 내가 살았던 방식을 아주 자세히 알고 싶어 하지 않았다면 내 경험을 가지고 독자의 주의를 끌기 위해 주제넘게 나설 생각이 조금도 없었다. 이 삶의 방식이 일부 적절치 못한 부분도 있지만 모두가 적절치 못하다고 여기지는 않는다. 외려 그때 상황을 생각해보면 아주 자연스럽고 적절했다.

§

아마도 이 책은 가난한 학생들에게 더 의미심장한 이야기가 될 것이다. 나머지 독자들이야 구미에 따라 필요한 부분을 알아서 취할 것이다. 옷이란 꼭 맞는 사람에게 좋은 역할을 하는 것처럼 억지로 솔기를 늘여 옷을 입으려는 사람은 없으리라 믿기 때문이다.

§

마을에 사는 젊은이들이 가진 불행은 농장, 집, 창고, 가축과 농기구를 상속받는 데에 있다. 이런 것들은 쉽게 얻을 수는 있지만 버리기는 쉽지 않기 때문이다. 이들은 광활한 목초지에서 태어나 늑대의 젖을 먹고 자라는 편이 더 나았을 것이다. 그랬더라면 자신들이 농사 짓고 살아야하는 그 땅이 어떤 땅인지 더 확실히 알게 되었을지도 모르겠다. 누가 이 사람들을 땅의 노예로 만들어버렸을까? 사람이 사는 동안 7.5리터의 먼지를 먹는 저주를 받는다지만 왜 그들은 242제곱킬로미터의 먼지를 먹어야 하는 것인가? 왜 그들은 태어나자마자 무덤을 파기 시작해야 할까?

§

비교적 자유로운 이 나라에서조차 대다수의 사람들은 단순한 무지와 오해로 쓸데없는 걱정과 보잘것없는 과잉노동에 매몰되어 혹사당한 나머지, 손가락은 섬세하지 못하고 떨리기까지 하기 때문에 더 좋은 인생의 과일은 딸 수 없다.

사실 노동을 하는 사람은 인력시장에서 가치가 떨어질지도 모르기 때문에 나날이 그 본래의 모습을 보전할 여유가 없으며 사람다운 대인관계를 유지하기가 어렵다. 일하는 기계가 되는 것 외에는 다른 일을 해볼 겨를이 없다. 쉴 새 없이 아는 것을 혹사해야 하는 사람이 성장의 필수요소라 할 수 있는 무지를 깨달을 수 있을까? 우리는 사람을 판단하기에 앞서 이따금 음식과 의복을 무료로 제공하고 격려를 해야 한다. 사람 본성의 가장 뛰어난 특성은 과분과 같아서 아주 섬세하게 다루어야만 보전할 수 있다. 그러함에도 우리는 서로를 그리 친절하게 대하지 않는다.

사치품의 대다수와 소위 생활편의품은 필수불가결한 것이 아니라 인류발전의 명백한 장애물이다. 사치품과 편의품만 놓고 봐도 제일 똑똑하다는 사람들은 가난한 사람들보다 더 간소하고 검약한 삶을 살았다. 중국, 힌두, 페르시아와 그리스 고대 철학자들은 물질적 풍요에 있어서 누구보다 가난했지만 내면은 누구보다 풍요로운 사람들이었다. 우리는 그들에 대해서 많은 것을 알지는 못한다. 그들을 이만큼이라도 안다는 것이 대견할 따름이다.

현대의 전 세계 개혁가나 사회운동가들도 마찬가지다. 우리가 자발적 빈곤이라 불러야 하는 초월적 입장이 되어 보지 않고서는 공평하고 현명한 인생의 관찰자가 될 수 없다. 사치스런 삶은 사치스런 열매를 맺는다. 그것은 농업, 상업, 문학이나 예술도 마찬가지다.

§

내 도시 친구들이 의회 건물의 빈 방 하나, 부목사 직이나 그 어디에도 나를 초빙할 생각이 없다는 걸 알아채고는 스스로 움직여야 했다. 나는 내가 훨씬 조예가 깊은 숲에 더욱 관심을 가지게 되었다. 바로 작업에 착수하기로 마음먹었다. 기초 자금을 마련할 시간도 기다릴 새도 없이 이미 가지고 있던 얼마 안 되는 쌈짓돈을 쓰기로 했다.

내가 월든 호수로 향하려는 목적은 저렴하게 산다거나 그곳을 끔찍이 좋아해서가 아니라 성가신 일을 줄여서 개인적인 관심사를 연구하려는 의도였다. 약간의 상식과 약간의 도전 정신 및 상업 재능이 필요하다고 해서 일에 곤란을 느끼는 것은 안쓰럽다기보다 어리석은 것이다.

§

마침내 자신이 할 일이 무엇인지 찾아낸 사람이라 하더라도 그 일을 하기 위해 새 옷이 필요하지는 않다. 그에게는 오래도록 다락방에 먼지를 뒤집어쓴 채 놓여있는 헌 옷으로도 충분할 것이다. 헌 신발도 영웅을 모셔온 머슴보다도 더 오랫동안 그를 섬길 것이다. 맨발은 신발보다 오래되었다.

그렇게 차리고도 자기 일을 할 수 있다. 다만 음악회나 공식 무도회에 갈 때는 새 외투를 입어야 한다. 만나는 사람이 바뀌면 옷도 바뀌어야 한다. 하지만 신을 경배할 때는 내 웃옷과 바지, 모자와 신발은 그렇지 않아도 되지 않을까?

1845년 3월 말 즈음, 도끼 하나를 빌려 월든 호수 근처의 숲으로 갔다. 호수에 가까이 집을 하나 세울 계획으로 키가 크고 쭉 뻗은 백송나무를 자르기 시작했다. 목재로 사용하기에는 아직 어린 나무들이었다.

물건을 빌리지 않고는 시작하기 어려운 때가 있다면, 빌리는 것이 아마도 빌려주는 사람에게 자신의 일을 소개하는 가장 수월한 방법일 것이다.

도끼의 주인은 도끼를 건네며 아주 소중한 물건이라고 했다. 나는 빌릴 때보다 더 날카롭게 날을 세워 돌려주었다. 일을 한 곳은 소나무로 둘러싸인 상쾌한 언덕이었다. 숲을 통해 호수가 보였다. 그리고 작게 펼쳐진 들판 위에 소나무와 가래나무가 자라고 있었다.

§

그렇게 며칠 홀로 노래를 흥얼거리며 의미심장한 말이나 깊이 있는 사색도 없이 폭이 좁은 도끼 하나로 대들보와 서까래, 기둥을 깎고 잘랐다.

사람들은 스스로 많이 안다고 말하네.
하지만 보라! 그것들은 날개가 달렸다네.

24

예술과 과학, 수많은 장치들,
바람이 그것들을 날려버린다는 것이
모두가 아는 전부라네.

나는 대들보를 12센티미터로 네모나게 다듬었다. 기둥용은 대
부분은 두 면만 다듬었고 서까래와 바닥용 목재는 한 면만 다듬
어 나무껍질을 남겨 놓았다. 그래도 톱질한 것보다 더 바르고
단단했다. 각각 목재의 끄트머리는 서로 맞물리게 하기 위해 다
른 연장을 빌려와 조심스레 다듬었다.

숲에서의 하루 일은 그리 긴 것이 아니었다. 점심식사 때에는
베어 넘긴 소나무의 푸른 가지에 중간에 걸터앉아 빵과 버터를
쌌던 신문을 읽었다. 그러면 손에 덕지덕지 두껍게 묻은 소나무
의 향이 빵에 고스란히 배어났다.

나는 몇몇 소나무를 베어내기는 했지만 일이 다 끝나기 전에 소
나무를 더 잘 알게 되어 해로운 존재라기보다는 친구에 가까운
존재가 되었다. 때때로 숲에 산책 나온 사람이 내 도끼소리에
이끌려 다가오면 톱밥 위에서 즐겁게 잡담을 나누기도 했다.

§

4월 중순에 이르러 집은 뼈대작업을 하고 일의 상당부분을 해

두어서 집을 올릴 준비되었기에 필요한 서두를 이유가 없었다. 나는 판자를 쓰려고 피츠버그 철도에서 일하던 아일랜드 사람인 제임스 콜린스의 판잣집을 전에 사두었다. 그의 판잣집은 예상 외로 상태가 좋다고 생각했기 때문이었다.

§

그날 아침에 나는 그 집을 헐었다. 못을 빼고 한짐 엮어서 호숫가로 옮긴 다음, 햇볕에 표백도 하고 구부러진 판자를 펼 요량으로 풀밭에 판자를 널었다.

§

5월 초에 들어서면서 필요 때문이라기보다는 이웃과의 우정을 나누기 위해 도움을 요청했던 몇몇 안면이 있는 사람들의 도움에 힘입어 드디어 집의 뼈대를 완성했다. 나는 그 사람들이 어느 날 건물의 상량을 얹는 일을 도와야하는 운명을 타고났다고 믿는다.

나는 벽체와 지붕이 되는대로 7월 4일에 입주를 시작했다. 판자는 빗물을 완벽히 차단할 수 있도록 가장자리를 조심스레 얇게 깎아 이었다. 하지만 벽체를 만들기 전에 방 한구석에 굴뚝

자리를 만들기 위해 수레 두 짐 정도의 돌을 언덕에서 한 아름씩 날랐다. 굴뚝은 밭 갈기가 끝나고 난방을 위해 불을 피우기 전인 가을에 만들었다.

그 동안 음식은 이른 아침에 문 밖 땅 위에서 만들었다. 이 방식은 일반적인 음식 만들기보다 편리하고 마음에 들어서 여전히 관심을 가지고 있다. 빵이 익기도 전에 폭풍이 몰아치면 불 위를 판자 몇 개로 가리고 그 아래에 앉아 빵이 익는 걸 지켜보았다. 그것도 나름대로 즐거운 시간이었다.

그 무렵 워낙 일손이 모자라 책을 조금밖에 읽지 못했다. 하지만 땅 위에 굴러다니다가 받침대도 되고 탁자보도 되는 작은 신문조각이 내게는 큰 오락거리여서 사실 일리아드Iliad,호머와 같은 역할을 했다고 말할 수 있다.

§

겨울이 시작되기 전에 굴뚝을 쌓고 집의 벽 쪽 널빤지를 손봤다. 널빤지는 이미 방수기능을 하고 있었지만 원목에서 처음 켜낸 판자를 썼기 때문에 눅눅하고 보기 흉해 가장자리의 수평에 다시 맞춰야만 했다.

이렇게 해서 나는 학생이 한 해 동안 지불하는 임대비보다 많지 않은 비용으로 한평생 살 수 있는 집을 마련할 수 있음을 알게 되었다.

내가 좀 더 우쭐대도 좋다면 이 모든 것이 나 하나만이 아닌 인류전체의 성취라고 이해를 구하고 싶다. 그리고 결점이나 모순이 있더라도 내 의도의 진정성에 아무런 영향을 미치지 않을 것이다.

§

집짓기가 끝나기 전에 별도의 생활비를 마련하기 위해 정당하고 합리적인 방법으로 10달러에서 12달러 정도를 벌고 싶었다. 나는 8제곱킬로미터 반쯤 되는 양지쪽 모래밭에다 주로 콩을 심었다. 동시에 한편에 조그맣게 감자, 옥수수, 완두콩과 순무도 심었다.

땅의 전체 규모는 44.5제곱킬로미터로 대부분의 땅에는 소나무와 가래나무가 자라고 있었다. 이 땅은 지난 계절에 4제곱킬로미터 당 8달러 8센트에 팔렸다. 한 농부는 그 밭을 '다람쥐나 찍찍대며 자랄만한 좋을 것 하나 없는 땅'이라고 했다. 나는 땅에 거름을 전혀 뿌리지 않았다. 주인도 아닌 그저 무단점유자일 뿐더러 다시 경작할 가망도 없었기에 밭 전체를 모두 쟁기질하지도 않았다.

§

첫 해 농사에서 생긴 지출은 농기구 값, 종자 값, 품 값 등
14.72 1/2달러였다. 옥수수 종자는 스스로 구했다. 필요 이상
으로 심지만 않는다면 비용 축에 끼지도 않는다. 콩 326킬로그
램, 감자 489킬로그램에다 약간의 완두콩과 사탕 옥수수를 수
확했다. 노랑 옥수수와 순무는 너무 늦어 아무 것도 수확하지
못했다. 밭 가꾸기에서 얻은 수입은 23.44달러였다. 14.72 1/2
달러의 지출을 빼면 8.71 1/2달러가 남았다.

§

이듬해는 한층 더 나았다. 내게 필요한 1.3제곱킬로미터의 땅을
혼자 쟁기질했다. 농업분야에 많은 저명한 족적을 남긴 아서 영
Arthur Young(1741-1820), 영국 농학자에게 경외심을 품고 하는 얘기는
아니지만, 두 해의 경험을 통해 사람이 간소하게 살고 스스로
기른 작물만 먹으며, 먹을 것 이외에는 더 재배하지 않고 사치
품이나 비싼 물건과 바꾸기 위해 불필요한 수확을 하지 않는다
면 약간의 땅만으로도 충분하다는 것을 알게 되었다.

그러면 밭을 가는 소도 쓰지 않고 오래 일군 땅에 비료를 줄 필요도 없이 매번 새 땅을 찾아 경작할 수 있으므로 훨씬 적은 비용으로 밭을 일굴 수 있다. 또한 하던 대로 필요한 농사일 모두를 여름 한철 한가한 시간에 왼손으로도 다 할 수 있을 것이다. 게다가 황소, 말, 암소, 돼지를 돌보느라 옴짝달싹 못하고 매여 지내지 않아도 된다.

§

세탁과 수선은 대부분 외부에 맡겨 청구서가 도착하지 않았으므로 그 비용을 제하고 나면 이것이 이곳에 사는 동안 들어간 금전 지출의 전부이자 그중에서도 특히 돈이 지출된 총액이다.

집	28달러 12 1/2센트
1년 치 농사비용	14달러 72 1/2센트
8개월 치 식대	8달러 74센트
8개월 치 피복비 외	8달러 40 3/4센트
8개월 치 기름 외	2달러
합계	**61달러 99 3/4센트**

필요한 독자를 위해 알려드린다.

농산물을 판 가격	23달러 44센트
일용노동	13달러 34센트
합계	**36달러 78센트**

이 금액을 지출총액에서 빼면 25달러 21 3/4센트가 지출계정에 남는다. 이 금액은 내가 이 일을 시작했을 때의 비용에 가깝고 앞으로도 이 정도 비용은 발생할 것이지만 달리 생각하면 여유와 자유도 얻었고 건강에 대한 염려도 없이 내가 언제까지나 머물 수 있는 안락한 집까지 얻었다.

§

나는 두 해 동안 이런 풍토에서 동물만큼이나 단순한 식단을 꾸린다면 개인의 건강과 체력을 유지하면서도 필요한 식량을 얻는데 믿을 수 없이 적은 수고만으로도 가능하다는 것을 알았다. 나는 옥수수 밭에 난 쇠비름포르툴라카 올레라케아, *Portulaca oleracea*을 손쉽게 뜯어 데쳐서 소금을 친 여러모로 만족스러운 식사를 장만했다. 라틴어를 쓴 것은 그 풀의 종 이름에서 나는 독특한 느낌 때문이다.

상식이 있는 사람이라면 평범하고 한가로운 점심시간에 충분한 양의 싱싱한 사탕 옥수수를 따 소금을 쳐서 삶는다면 더 이상 무엇을 바라겠는가? 식단에 약간의 변화를 준 것은 입맛에 따른 것이지 건강을 생각한 것은 아니다. 사람이 종종 굶고 지내는 것은 먹어야 할 음식이 없어서가 아니라 고급 음식을 바라기 때문이다. 나는 건강을 잃은 아들이 물만 마셔서 그렇다고 생각하는 순진한 부인을 만난 적도 있다.

§

아무튼 나는 커튼을 다는 수고 없이 관찰을 하고 싶었다. 해와 달을 제외하고는 날 지켜볼 사람도 없었고 해와 달이라면 기꺼이 내 방을 들여다봐주길 바랐다. 달은 우유를 쉽게 할 리도 없고 고기를 썩게 만들 리도 없었다. 또한 해가 가구를 망치거나 카펫을 바래게 하지도 않을 것이기 때문이었다. 이따금 햇볕이 너무 뜨겁게 만들면 번거로운 살림을 늘리느니 자연이 만들어주는 커튼 뒤로 피하는 것이 더 경제적이란 걸 알게 되었다.

§

5년이 넘도록 나는 내 손을 움직여 손수 모든 것을 꾸렸다. 그래서 일 년에 6주 만 일하면, 사는데 드는 모든 비용을 마련할 수 있다는 것을 알게 되었다. 거의 대부분의 여름과 겨울 동안 나는 온전히 자유롭게 공부에 전념할 수 있었다.

§

나는 내가 좋아하는 어떤 것보다 더 내 자유를 소중히 여긴다. 여전히 먹고 살기는 힘들지만 잘 지내고 있으므로 아직까지 비싼 카펫이나 좋은 가구, 맛난 쿠키, 그리스나 고딕 양식의 집을 갖기 위해 시간을 낭비하고 싶지는 않다. 이런 것들을 얻는데 아무 거리낌이 없고 얻은 후에 어떻게 써야하는지 아는 이들이 있다면 나는 말릴 생각이 없다.

어떤 이들은 '근면하고' 노동을 즐기는 것처럼 보이는데 이는 더 안 좋은 상태의 불행에 빠지는 것을 막기 위해 그런 것 같다. 그렇다면 나는 할 말이 없다. 지금 누리는 것보다 더 많은 여가 시간이 생기면 뭘 해야 할지 모르는 사람들이 있다면 두 배로 더욱 열심히 일해서 빚을 청산하고 자유의 증서를 얻으라고 말해주고 싶다.

내 경우를 보자면, 일용직이 다른 어떤 직업보다 자유롭다는 것을 알게 되었다. 일 년에 겨우 삼, 사십 일만 일하면 충분하다. 해가 지면 노동자의 일과는 끝난다. 그러면 그는 노동에서 벗어나 하고 싶은 일을 하면 된다. 하지만 늘 이것저것 고민이 많은 고용주는 한 해가 끝나고 새해가 와도 휴식이라곤 없다.

§

변질된 선행에서 피어오르는 악취만큼 고약한 것은 없다. 인간의 것이자, 신의 것인 썩은 고기다. 만약 누군가가 의도적으로 선행을 베풀기 위해 내 집으로 오고 있다면 나는 내 삶을 위해 도망칠 것이다. 질식할 때까지 그대의 눈, 코, 귀, 입으로 불어 대는 아프리카 사막의 시뭄Simoom이란 건조하고 타는 듯한 사막 폭풍과 같기 에 그의 선행이 내게 미치면 해로운 바이러스가 내 피를 감염시킬지도 모르기 때문이다.

아니다. 이런 경우라면 외려 악행으로 고통 받는 편이 더 낫겠다. 내가 굶주릴 때 내게 음식을 준다거나 추울 때 나를 따뜻하게 해주고 시궁창에 빠진 나를 건져준다고 해서 좋은 사람이 되는 것은 아니다. 뉴펀들랜드 개에게도 그만큼은 해줄 수 있다.

§

가난한 사람들에게 도움을 주려거든 그 행동으로 말미암아 멀어지더라도 그들에게 가장 필요한 것을 줘야 한다. 돈을 줘야겠으면 그저 그 돈만 건네지 말고 그대의 관심도 함께 줘라.

우리는 어처구니없는 실수를 범할 때가 있다. 대개의 가난한 사람들이 비루한 누더기를 걸치고 있다고 해서 춥고 배고픈 것은 아니다. 어느 정도는 그들의 성향이 그런 것이지 전적으로 불행해서 그런 건 아니다. 돈을 준다면 그들은 아마 더 낡은 옷을 살지도 모른다.

§

나는 자선행위가 받아야 하는 찬양을 조금도 깎아내릴 생각이 없다. 그러나 인류에게 축복을 내린 사람들의 생애와 노고를 포함한 모든 면이 공정하게 평가받았으면 좋겠다. 나는 사람의 고결함과 박애정신을 최고로 치고 싶지 않다. 그것은 말 그대로 그 사람의 줄기와 잎사귀일 뿐이다. 싱싱함이 사라진 식물은 병자를 위한 약용 차를 만드는 것 같이 그저 하찮은 용도로 쓰이거나 대부분 돌팔이 의사의 전유물이 된다.

나는 인간의 꽃과 과실을 원한다. 그 사람의 향기와 잘 익은 풍미가 내게 전해지길 바란다. 그 사람의 선행이 일부이고 일시적인 것이 되어서는 안 된다. 지속적이어야 하며 힘들지 않으면서도 무의식적인 행위가 되어야 한다. 이것이야말로 수많은 죄를 덮어주는 박애다.

박애주의자들은 공기가 스며들듯 너무 쉽게 자신의 버림받은 슬픈 기억 속에 대중을 휩싸이게 한다. 이것을 소위 '연민'이라고 한다. 우리는 절망이 아니라 용기를 나누어야 한다. 질병이 아닌 건강과 편안함을 나누어야 한다. 전염병이 번지지 않도록 돌봐야만 한다.

§

우리의 삶은 성자들의 삶을 배움으로써 타락했다. 우리의 기도서들은 듣기 좋도록 꾸민 신의 저주와 영원한 복종의 소리로 가득 차있다. 어떤 이는 예언자와 구세주조차 인간의 희망을 다지기보다는 공포를 달랠 뿐이라고 말한다. 어디에도 인생의 선물에 대한 단순하면서도 흘러 넘치는 만족을 묘사하고 있지 않다. 어떤 경탄할만한 신의 찬양도 없다.

건강과 성공은 보이지 않거나 사라지더라도 내게 좋게 작용한다. 질병과 실패는 자의든 타의든, 내게 깃들면 아무리 잘 알고 있더라도 나를 슬프게 만들거나 나쁘게 작용한다. 만약 우리를 진짜 인디언처럼 식물에 기반을 둔 매력적이고 자연의 수단을 이용하는 인류로 되돌리려 한다면 먼저 스스로를 단순하고 자연스럽게 만들어야 한다.

우리의 눈 마루에 걸린 먹구름을 쫓아내고 모공 속으로 조금이

라도 생기가 스며들게 만들어야 한다. 가난한 이들을 지켜보는
사람에 머물지 말고, 가치 있는 사람이 되도록 노력해야 한다.

■ 여동생 소피아 소로가 그린 헨리 소로의 오두막.
1854년 『월든』 초판의 표지그림으로 사용되었다.

Where I Lived, and What I Lived for
나는 어디에서, 무엇을 위해 살았는가?

나는 오직 삶의 본질이 되는 진실과 마주하며 신중히 살고 싶어서 숲으로 향했다. 숲이 가르치는 것을 배울 수 있는지 없는지 알고 싶었으며 그곳에 살지 않으면 죽을 때까지 배울 수 없는 것들을 발견하고 싶었다.

나는 삶이 아닌 것은 배우고 싶지 않다. 삶은 그토록 아까운 것이어서 아주 필요한 것이 아니라면 사양하는 버릇을 키우고 싶다. 나는 모든 삶의 알짜배기를 빨아먹으며 진지한 삶을 살고 싶다. 삶이 아닌 것을 몰아내기 위해 강인하고 스파르타인 같은 삶을 원한다. 삶이 아닌 것은 널찍이 깎아내고 면도질하고 싶다. 그런 삶은 구석으로 몰아 최대한 빨리 덜어내고 싶다.

그리고 만일 의미 있다고 밝혀진 것이라면 왜 그런 의미를 갖게 되었는지 전부 알아내고 진정 의미 없는 것을 알게 된다면 그 의미 없음을 세상에 고할 것이다. 그리고 경험을 통해 위대함이 드러나면 더욱 연구하여 진정한 평가를 내릴 수 있도록 만들 것이다.

요약글 읽기

나는 어떤 곳에서 살았나?

월든 호숫가를 선택하기 전에 적당한 농장 몇 곳을 둘러보았다. 개발될 가능성이 적고 인적이 드문 농장을 찾았으나 마음에 들었던 농장은 계약이 취소되고 말았다. 집주인이 위약금을 준다고 했으나 계약이 취소되기 전까지 농장을 마음껏 즐겼으니 그것으로 되었다.

월든 호숫가에 실제로 살기 시작한 날은 1845년 7월 4일이었다. 회벽칠과 굴뚝도 만들기 전이었다. 터를 잡은 곳은 마을에서 1.6킬로미터 정도 떨어진 곳이었다. 숲으로 둘러싸인 곳이라 경치는 제한적이었으나 상상력을 발휘하기에는 더 없이 좋았다.

나는 무엇을 위해 살았나?

아침에는 일찍 일어나 호수에서 목욕을 했다. 아침은 가장 아름답고 순수한 시간이다. 이와 같이 우리의 정신도 다시 깨어나야 한다. 내가 숲으로 들어간 이유는 삶의 본질이 되는 진실만을 마주하며 자연이 가르쳐주는 것을 배우고 싶었기 때문이었다.

삶은 소중한 것이기에 헛된 것들은 버리고 진지하게 살고 싶다. 나는 삶의 알짜배기만 빨아먹으며 살고 싶다. 그리고 거기에서 어떤 의미를 찾는다면, 그 의미가 천하면 천한대로 위대하면 위대한대로 밝히고 싶다.

문명세계의 삶은 개미의 삶처럼 하찮기만 하다. 필요하지도 않은 일을 하며 찔끔찔끔 삶을 낭비하고 있다. 그러니 단순하게 살라! 단순한 만큼 위험과 수고가 줄어든다. 우리는 쓸데없는 뉴스에 귀를 기울이며 거짓과 기만에 놀아나고 있다. 사람들이 천한 삶에서 벗어나지 못하는 것은 사물의 본질을 꿰뚫어보지 못하기 때문이다.

우리는 진리란 자신과 상관없이 멀찍이 떨어져 있다고 생각한다. 그러나 진리는 우리 곁에 바싹 붙어 있다. 진실을 거듭 대하고 스며들 때 우리는 진리를 만날 수 있다. 깊이 사물의 본질을 파고들어 '이것이다!' 라고 외칠 때까지 심취하자. 그리하여 마침내 진실을 마주한다면 우리는 찬란한 행복을 맛볼 것이다.

본문 읽기

이 장은 같은 이야기지만 내 경험을 더 자세히 전하고 싶은 보
충설명이라 할 수 있다. 이해하기 쉽도록 두 해의 경험을 하나
로 묶었다. 이미 말했지만, 나는 절망의 송가를 쓰려고 하는
것이 아니다. 이웃의 잠을 깨울 수만 있다면 이른 아침에 횃대
에 올라 우렁차게 외치는 수탉의 울음소리를 들려주고 싶은 것
이다.

내가 처음 숲속에서 온전히 밤낮을 보내며 보금자리를 튼 날
은 공교롭게도 독립기념일인 1845년 7월 4일이었다. 만들어
놓은 집은 월동 준비도 되어있지 않았다. 겨우 비만 가릴 수
있는 정도였을 뿐이었다. 횟가루를 바르거나 굴뚝도 만들지
않았다. 벽은 거친 상태였고 판자는 낡아 있었다. 널따란 벽의

틈은 밤이 되면 외풍이 심했다.

§

내가 자리를 잡은 곳은 콩코드에서 남쪽으로 800미터에서 1.6 킬로미터 정도 떨어진 작은 호숫가였다. 링컨 마을과 콩코드 사이에 있는 약간 지대가 높고 널찍한 숲 한가운데였다. 사람들이 알아들을 수 있는 유일하게 이름난 장소인 콩코드 전적지가 남쪽으로 약 2.4킬로미터 떨어져 있었다. 내가 살았던 장소는 너무 낮은 데다 대부분이 숲으로 둘러싸여 있었기 때문에 800미터 정도에 있는 반대편 숲으로 둘러싸인 호숫가가 가장 멀리 볼 수 있는 풍경이었다.

첫 주 동안은 호수를 내다볼 때마다 산기슭에 높이 자리한 산속 호수의 느낌이 들었다. 그 밑바닥이 다른 호수의 수면보다 훨씬 높아보였다. 해가 떠오르면 안개로 된 잠옷을 벗으며 여기저기 점점 부드러운 잔물결과 반짝이는 수면이 나타나는 것을 보았다. 그 동안 안개는 야간집회를 마친 유령들처럼 숲 사방을 고요히 사라졌다. 그런 날의 이슬은 산그늘의 이슬처럼 여느 날보다 더 오랫동안 나무에 매달려 있는 것 같았다.

나는 오직 삶의 본질이 되는 진실과 마주하며 신중히 살고 싶어서 숲으로 향했다. 숲이 가르치는 것을 배울 수 있는지 없는지 알고 싶었으며 그곳에 살지 않으면 죽을 때까지 배울 수 없는 것들을 발견하고 싶었다.

나는 삶이 아닌 것은 배우고 싶지 않다. 삶은 그토록 아까운 것이어서 아주 필요한 것이 아니라면 사양하는 버릇을 키우고 싶다. 나는 모든 삶의 알짜배기를 빨아먹으며 진지한 삶을 살고 싶다. 삶이 아닌 것을 몰아내기 위해 강인하고 스파르타인 같은 삶을 원한다. 삶이 아닌 것은 널찍이 깎아내고 면도질하고 싶다. 그런 삶은 구석으로 몰아 최대한 빨리 덜어내고 싶다.

그리고 만일 의미 있다고 밝혀진 것이라면 왜 그런 의미를 갖게 되었는지 전부 알아내고 진정 의미 없는 것을 알게 된다면 그 의미 없음을 세상에 고할 것이다. 그리고 경험을 통해 위대함이 드러나면 더욱 연구하여 진정한 평가를 내릴 수 있도록 만들 것이다. 대부분의 사람들은 삶을 악마의 것인지 신의 것인지 이해할 수 없는 불확실한 것으로 여기는 것 같다. 그래서 "영원히 신을 찬양하고 기쁨을 누리라"는 것이 인간의 최종 목적인양 성급히 결론 내린다.

우화에는 우리가 오래 전에 개미에서 사람으로 변했다고는 하지만 아직도 개미처럼 하찮은 삶을 살고 있다. 두루미와 싸우는 피그미족 같다. 실수에 실수를 더하고 깨진 것을 더 깨는 것이다. 인간 최고의 미덕이란 불행을 피할 수 있을 때와 돌이킬 수 없을 때에만 존재한다. 우리의 삶은 사소한 일에 찔끔찔끔 소모되고 있다. 정직한 이는 셈을 할 때 열 손가락이 필요 없다. 극단적인 경우라면 열 발가락을 더하면 된다. 나머지는 한 덩어리로 묶어라.

단순하게, 단순하게, 단순하게! 부디, 그대의 일을 수백, 수천이 아닌 두세 가지로 만들어라. 백만 가지를 여섯 가지 정도로 셀 수 있도록 만들어라. 그대의 계산을 눈대중으로 할 수 있도록 하라. 문명세계라는 풍랑 치는 바다 한가운데는 먹구름, 폭풍, 모래 늪과 수많은 변수들이 존재한다. 문명세계 사람은 그런 곳에서 살아남아야 하는 것이다. 침몰하여 바닥으로 가라앉거나 안전한 항구를 찾지 못하는 꼴을 당하지 않으려면 무모한 항해를 강행하거나 실로 엄청난 계산능력을 지닌 사람이 되어야만 한다.

단순하게 하라. 단순하게 하라. 필요하다면 하루 세 끼 대신에 한 끼만 먹어라. 백 접시의 음식은 다섯 접시로 만들어라. 다른 것들도 조화롭게 줄여라.

45

우리는 왜 삶을 이토록 서두르고 낭비하며 사는 것일까? 우리는 배고프기도 전에 굶어 죽을 걱정을 하고 있다. 흔히 말하길, 적절한 때 한 번의 바느질은 아홉 번 바느질 하는 수고를 던다고 했다. 그래서 내일 아홉 번 바느질 하는 수고를 덜기 위해 오늘 수천 번의 바느질을 한다. 별 중요한 일도 아닌데 그저 일을 한다. 우리는 성 비투스 병Sanit Vitus' dance, 무도병: 무의식적으로 계속 움찔거리는 병에 걸려 머리를 잠시라도 가만히 놔두질 못한다.

§

사람들은 진리를 외계의 아득한 행성 너머 멀리 떨어진 곳에 있거나 아담 이전과 인류 종말 이후에나 있는 것으로 생각한다. 영원 속에는 진실하고 위대한 무언가가 있는 것은 맞다. 그러나 모든 시간과 공간, 사건은 지금 여기에 존재한다. 신 자체도 현재의 순간이라야 위대한 것이지 시간이 흐른다고 더 거룩해지는 것은 아니다.

우리는 우리 주변을 감싼 현실에 끊임없이 스며들고 깃들어야만 무엇이 위대한 것이고 고귀한 것인지 파악할 수 있다. 우주는 이런 우리의 발상에 끊임없이 친절히 답을 주고 있다. 우리가 빠르든 느리든 길은 우리를 위해 열려 있다. 이제 우리는 우리의 삶을 이해하며 살아보자.

46

우리 마음을 다잡아보자. 그리고 온 세상을 뒤덮고 있는 여론, 편견, 관습, 기만, 현상의 진흙탕과 찌꺼기를 뚫고 그 아래에 우리의 다리로 쐐기를 박아 넣자. 파리, 런던, 뉴욕, 보스턴, 콩코드를 관통하고 교회와 국가, 시와 철학과 종교를 관통하여 진실이라고 부를 수 있는 단단한 바위투성이의 아래까지 내려가 보자. 그리고 '한 치의 어긋남도 없는 바로 이것이다' 라고 외쳐보자.

§

만일 그대가 옳게 향하여 진리와 마주한다면 햇빛에 반짝이는 양날의 검을 보게 될 것이다. 그러면 그대의 심장과 골수를 가르는 감미로운 쾌감을 얻을 것이다. 그대는 행복하게 생을 마감할 수 있을 것이다. 살아있든 죽었든, 우리는 오직 진리만을 갈망해야 한다. 우리가 정말 죽어간다면 목구멍에서 가래 끓는 소리와 임종 직전의 스산함을 느껴보도록 하자. 우리가 살아있다면 우리가 할 일을 하도록 하자.

§

시간이란, 내가 낚시질을 하는 강줄기일 뿐이다. 나는 그 물을 마신다. 하지만 물을 마시는 동안 바닥의 모래를 보며 그 물이 얼마나 얕은가 알아챘다. 강물의 얕은 물살은 흘러 가버리고 영원은 남는다. 나는 별들이 자갈처럼 깔린 하늘 위에서 낚시질을 하며 더 깊은 곳의 물을 마시고 싶다.

나는 하나조차 셀 줄 모른다. 나는 알파벳 첫 글자가 무엇인지도 모른다. 나는 태어난 그날보다 더 현명해지지 못한 것이 내내 아쉽다. 지성은 칼이다. 존재의 비밀 속으로 파고들어가 인식하고 구분한다. 필요할 때가 아니면 나는 내 손을 바삐 쓰고 싶지 않다. 내 머리는 손이자 곧 발이다. 내 몸의 가장 좋은 기능이 머리에 집중되어 있음을 느낀다. 여느 동물이 뾰족한 주둥이와 네 발로 굴을 파듯, 내 본능은 내 머리가 굴을 파는 기관임을 일깨워준다. 나는 이 언덕에서 내 방식대로 굴을 파고 탐색하고 싶다. 이 근방에 제법 값나가는 광맥이 있을 것 같다. 그래서 탐지봉으로 살피고 옅게 오르는 수증기로 이렇게 판단했다. 여기에서 나는 광산을 파기 시작할 것이다.

Reading
독서

독서를 잘 한다는 것, 즉 참된 정신으로 참된 책을 읽는다는 것은 대단한 수련이며 이런 마음가짐을 가진 독자는 현대 사회가 높게 평가하는 어떤 수련보다 더 고된 수련을 하는 것이다. 독서는 운동 선수가 겪는 것과 같은 훈련이 필요하다. 목적을 달성하기 위해 거의 전 생애에 걸친 지구력이 있어야 한다.

책은 그 책이 쓰였을 때처럼 꼼꼼하고 조심스레 읽어야 한다. 책을 쓴 언어를 말로 표현하는 것만으로는 충분치 않다. 언어를 말로 표현하고 듣는 것과 글로 표현하고 읽는 것 사이에는 현저한 차이가 있기 때문이다. 전자는 보통 일시적이며 단순한 소리, 단순한 말, 사투리, 원초적인 말이 해당되는데 짐승처럼 어머니에게서 배우는 무의식적인 것이다. 후자는 전자가 훈련되고 발달한 것이다. 전자를 어머니의 말이라고 한다면 후자는 아버지의 말이다. 이것은 걸러지고 선택된 표현이며 귀로 듣기에는 너무 의미심장한 말이어서 이런 말을 하려면 다시 태어나야만 한다.

요약글 읽기

왜 독서를 해야 할까?

사람은 재산을 모으고 명성을 얻기 위해 노력하지만 언젠가 반드시 죽어야하는 운명을 가지고 태어난다. 그러나 우리가 진리를 탐구할 때에는 불멸의 영혼을 얻고 삶의 고통과 두려움에서 벗어날 수가 있다. 이런 삶에 가까워지려면 진지한 탐구자, 즉 철학자의 자세가 필요하다.

우리는 진리에 가까워질 수 있는 쉬운 방법을 알고 있다. 바로 독서다. 오랜 시간 동안 온갖 삶의 비밀을 기록해 놓은 것이 책이기 때문이다. 현재 곤란을 겪고 있다면 어떤 책의 어딘가에는 그 해결방법을 제시해 놓았을지도 모른다. 우리가 겪는 어려움을 지난 세대도 분명이 겪었을 것이고 그 세대의 현자들은 분명히 그에 대한 답을 기록해 놓았을 것이다. 책은 세상의 가장 소중한 보물이다. 전 세대와 전 세계인이 가진 귀중한 유산이다.

어떤 책을 읽어야 할까?

그런데 우리는 독서를 하지만 대개 하찮은 목적으로 독서를 한다. 돈을 버는 데 필요한 기초서적과 로맨스 소설에 열광하여 시력감퇴와 혈액순환장애를 유발하고 지적 능력을 후퇴시키고 있다. 우리는 길 가에 떨어진 은화를 줍기 위해 기꺼이 손해를 감수하지만 황금과 같은 불멸의 지혜가 적혀있는 고전은 외면을 한다.

우리는 고전을 읽어야 한다. 알렉산더 대왕조차 원정을 나갈 때 '일리아드'를 항상 지니고 다녔다. 특히, 호머나 아이스킬로스와 같은 고전은 학생들이 읽어야 한다. 이 책을 읽는 동안 학생들은 조금이라도 영웅들의 삶을 동경하여 닮아가려 애쓸 것이고 사치와 방탕한 생활에 물들지 않을 것이다.

더 나은 삶을 위해 어떻게 실천할까?

우리는 아이들을 위해서는 훌륭한 학교제도를 갖추고 있다. 하지만 어른을 위한 교육시설은 없다. 더구나 어른들은 정신의 영양제보다는 육체를 위한 영양제와 질병에 많은 비용을 들이고 있다.

어른을 위한 학교를 만들자. 이를 위해서 유럽 귀족이 그랬듯 마을이

나서서 예술의 후견인이 되어야 한다. 하지만 안타깝게도 마을은 공회
당이나 지으며 비용을 지출하고 있을 뿐이다.

이제부터라도 공회당의 빈껍데기에 살아있는 지혜를 초빙해 알맹이를
채워보자. 그리고 하찮은 지역신문보다 우수한 신문을 구독하여 평범한
시민으로 구성된 귀족마을로 만들어보자.

본문 읽기

직업을 선택할 때 조금만 더 깊이 생각한다면 모든 사람이 아마도 학생이나 관찰자가 되려 할 것이다. 분명 모든 사람의 본성과 운명은 관심사가 비슷하기 때문이다. 자신이나 후손을 위해 재산을 모으고 가문이나 국가의 기초를 다지거나 명성을 얻으려 하지만 우리는 죽어야하는 운명이다. 그러나 진리를 추구할 때 우리는 불멸이다. 변화와 사고를 두려워할 필요도 없다.

§

학생이 그리스의 호머와 아이스킬로스를 읽는다면 방탕과 사치를 범할 위험이 없을 것이다. 그 책 속의 영웅들을 어느 정도 닮으려하고 아침 시간을 책을 읽으며 보내기 때문이다. 자국어로 출판된 영웅담이더라도 타락한 시대에서는 죽은 언어로 남을 뿐이다. 우리는 단어 하나와 한 줄의 글조차 그 뜻을 공들여 찾아야 하며 우리가 지혜, 용기, 관대함과 같이 일상에서 흔히 생각하는 말의 의미를 벗어나는 더 큰 이해력으로 뜻을 읽어낼 수 있어야 한다.

§

사람들은 종종 고전을 연구하는 사람들은 결국 좀 더 현대적이고 실용적인 학문에 길을 내주게 될 것이라고 말하곤 한다. 그러나 진취적인 학생들은 항상 어떤 언어로 썼든 그 시대가 언제든 상관하지 않고 고전을 연구하게 될 것이다. 인간의 사상을 기록한 가장 고귀한 것이 고전이 아니고 무엇이겠는가? 고전은 변치 않는 유일한 신탁이다. 가장 현대적인 질문에도 델피나 도도나Delphi and Dodona:고대 그리스인들이 신탁을 받던 장소에서조차 주지 못한 답을 줄 정도다. 우리는 마치 자연이 오래되었다고 연구하지 않으려는 것과 같다.

독서를 잘 한다는 것, 즉 참된 정신으로 참된 책을 읽는다는 것은 대단한 수련이며 이런 마음가짐을 가진 독자는 현대 사회가 높게 평가하는 어떤 수련보다 더 고된 수련을 하는 것이다. 독서는 운동선수가 겪는 것과 같은 훈련이 필요하다. 목적을 달성하기 위해 거의 전 생애에 걸친 지구력이 있어야 한다.

책은 그 책이 쓰였을 때처럼 꼼꼼하고 조심스레 읽어야 한다. 책을 쓴 언어를 말로 표현하는 것만으로는 충분치 않다. 언어를 말로 표현하고 듣는 것과 글로 표현하고 읽는 것 사이에는 현저한 차이가 있기 때문이다. 전자는 보통 일시적이며 단순한 소리, 단순한 말, 사투리, 원초적인 말이 해당되는데 짐승처럼 어머니에게서 배우는 무의식적인 것이다. 후자는 전자가 훈련되고 발달한 것이다. 전자를 어머니의 말이라고 한다면 후자는 아버지의 말이다. 이것은 걸러지고 선택된 표현이며 귀로 듣기에는 너무 의미심장한 말이어서 이런 말을 하려면 다시 태어나야만 한다.

§

위대한 시인의 작품은 아직 인류가 제대로 읽은 적이 없다. 위대한 시인만이 그 작품들을 읽을 수 있기 때문이다. 그 작품들은 대중이 별을 읽는 것처럼, 천문학이 아닌 점성학으로써 수없이 읽혀왔을 뿐이다. 사람들은 대부분 장부를 쓰거나 상거래에 속지 않으려는 얄팍하고 하찮은 편의를 위해 사용하고자 글을 익힌다.

하지만 그들은 독서가 고상한 지적 수련임을 전혀 모르거나 아주 조금만 안다. 이 지적 수련이야말로 높은 의미의 독서인 것이다. 독서는 호사스런 취미처럼 느긋하게 즐기는 것이 되어서는 안 된다. 이는 고귀한 재능을 잠자도록 내버려두는 것이다. 우리는 발끝으로 서듯 조심스러우면서 가장 맑고 또렷한 시간을 써서 독서를 해야 한다.

§

사람은 은화를 줍기 위해서라면 가야할 길에서 한참 벗어나는 존재다. 여기 고대의 현자들이 널리 깨우친 황금의 말씀이 있다. 그 가치는 매 세대의 현자들이 대대로 보증을 했다.
그럼에도 우리는 겨우 쉬운 읽을거리, 입문서나 교과서 정도의 독서만을 익힌다. 학교를 나오면 아이들이나 초보자들이나 읽을 법한 소소한 읽을거리나 이야기책을 본다. 그래서 일상의 독서, 대화, 사고는 모두 낮은 수준에 머무는 것이다. 피그미 족이나 난쟁이들에게 어울리는 수준이다.

§

모든 책이 그 책을 읽는 독자들만큼 따분하지는 않다. 우리가 처한 환경에 정확히 들어맞는 이야기도 있다. 우리가 진지하게 듣고 이해한다면 우리 삶에서 느끼는 아침이나 봄보다 유익할 것이고 사물의 색다른 면모를 볼 수 있도록 도와줄 것이다.

얼마나 많은 사람이 독서를 통해 삶의 새 시대를 맞이했던가! 책의 존재는 어쩌면 우리를 위한 것이다. 책은 우리 삶의 기적을 설명해주고 새로운 기적을 계시할 것이다. 현재 이유를 알 수 없는 것이라도 우리가 독서를 통해 어딘가에서 그 이유를 찾아낼지도 모른다.

우리가 겪는 골칫거리나 수수께끼, 황당무계한 질문들은 과거에 살았던 현자들도 똑같이 겪었던 질문일 것이다. 하나도 빠짐없이 발생했던 질문일 것이고 각각의 질문에 대해 현자들은 능력에 맞게 자신의 경험과 언어로 답을 해 놓았다. 지혜와 더불어 우리는 해방감을 맛볼 것이다.

§

함께 모여 실천하는 것이 공동체 정신에 어울리는 것이다. 나는 여느 귀족들 보다 우리의 환경이 훨씬 풍부하며 자산도 많다고 확신한다. 뉴잉글랜드는 시골티를 벗기 위해 세상의 모든 석학을 초빙하여 순회강연을 하며 머물도록 할 수 있는 능력이 된다.

그것이 바로 우리가 원하는 특수학교다. 귀족이 아닌 서민을 위한 귀족마을을 만들자. 가능하다면 조금 돌아가더라도 다리 하나를 짓는 대신 우리를 둘러싼 무지의 어두운 골짜기 위에 무지개다리 하나만이라도 만들자.

Sounds
소리들

여름 한동안 저녁 기차가 지나간 후 일곱 시 반쯤이면 일정하게 쏙
독새가 반시간 동안 문 옆 그루터기나 집의 용마루에 앉아 저녁 성
가를 울렸다. 이 녀석들은 매일 해가 지면 오 분 이내에 시계처럼
정확히 울기 시작했다. 나는 녀석들의 습성을 자세히 파악하는 흔
치 않은 기회를 얻을 수 있었다.

때로는 숲속 네다섯 곳에서 동시에 울어대는 소리를 듣기도 했다.
어쩌다 한 소절이 끝나면 뒤이어 다른 녀석이 이었다. 아주 가까이
에 있어서 노랫소리가 끝난 후의 짖는 소리라든가, 몸집이 크니 소
리도 컸을 테지만 파리가 거미줄에 걸렸을 때처럼 윙윙거리는 독특
한 소리노 늘을 수 있었다. 어떤 날은 숲 속에서 한 녀석이 줄로 매
놓은 것처럼 몇 발자국 떨어지지 않은 거리에서 내 주위를 빙빙 맴
돌기도 했다. 아마도 내가 녀석의 알에 가까이 있었던 모양이었다.
녀석들은 밤새 드문드문 울다가 해 뜨기 바로 직전에 또다시 음악
회를 열었다.

요약글 읽기

나는 왜 관찰을 할까?

아무리 좋은 책을 가까이 하여 삶과 사물을 탐구하더라도 매 순간마다 벌어지는 현상과 의미를 알기에는 언제나 부족하기 마련이다. 나는 고독과 적막을 있는 그대로 즐기며 게으르게 명상에 도취하는 시간 동안은 옥수수가 자라듯 훌쩍 커지는 것을 느꼈다. 이런 생활 태도는 늘 신비롭기 마련이어서 한 편의 드라마처럼 즐거웠다. 자연에서 새로움을 발견하고 배우는 동안 삶의 시야는 그만큼 넓어지는 것이다. 그대는 타인의 삶을 배우는 학생이 될 것인가, 아니면 스스로 새로움을 깨닫는 관찰자가 될 것인가?

어떤 소리가 들리고, 무슨 얘기를 들려주나?

내가 사는 곳에서 500미터 정도 떨어진 곳으로 피츠버그 철도가 지나간다. 기관차의 기적소리는 농가 위를 맴도는 매의 울음소리를 닮았다. 이 소리가 들리면 많은 도시상인들과 시골상인들이 모여든다. 도시상인들은 시골사람들에게 도시의 잡화와 식료품을 팔고 시골상인들은 도시상인들에게 목재를 판다. 상업이 이루어지는 것이다. 상업은 민첩하고 모험적이며 지칠 줄 모른다. 터무니없는 계획이나 감상에 빠진 실험보다 낫다. 기차는 석회와 소가죽, 당밀과 브랜디, 목재와 가축을 싣고 누구도 방해하거나 방해받지 않고 꿋꿋이 제 길을 간다.

마을에서 들리는 종소리가 골짜기에 메아리친다. 메아리는 종소리가 숲에 적셔진 자연의 목소리다. 한밤중의 소 울음소리는 젊은이들의 노래를 닮았고 쏙독새는 초저녁과 새벽에 성가합창을 하듯 울어댔다. 부엉이와 올빼미의 소리는 우울하고 음산하지만 아직도 개척되지 않은 자연이 무한히 남아있음을 알리는 소리다. 황소개구리의 울음소리는 술주정뱅이들의 유쾌한 한밤중의 잔치소리다. 수탉소리는 들리지 않았지만 건강과 부유함, 현명함을 일깨우는 새벽의 전령이다.

내가 사는 곳은 가정에서 나는 소리가 하나도 들리지 않는다. 고루한 사고방식을 가진 사람이라면 아마 미치거나 지루해 죽어버릴지도 모르겠다. 하지만 다람쥐와 쏙독새, 어치와 산토끼, 우드척과 올빼미, 아비와 여우가 있고 문을 열면 바로 자연과 맞닿아 있다.

본문 읽기

첫 해 여름동안에는 콩 농사를 짓느라 독서를 못했다. 아니, 이따금 나는 독서보다 더 좋은 경험을 했다. 머리를 쓰든 손을 쓰든 일을 하다, 어느 순간에 매혹되어 도저히 지나칠 수 없는 때가 있었다. 나는 내 삶의 넉넉한 여백을 사랑한다.

여름날 아침이면 습관적으로 목욕을 하고 소나무와 가래나무, 옻나무 숲속의 볕이 잘 드는 자리에 앉아 동틀 무렵부터 해질녘까지 아무런 방해 없이 고독과 적막을 즐겼다. 새들은 지저귀다 집 위로 소리 없이 날아다니곤 했다. 그렇게 해가 서쪽 창문에 이를 때까지 앉아 있거나 멀리 큰 길을 지나는 여행자의 마차소리가 들리면 시간의 흐름을 깨닫곤 했다. 이런 때면 나는 한밤중의 옥수수처럼 자라났다. 손으로 했던 어떤 일보다도 더 큰 보람을 느꼈다. 내 삶에서 절대 제외할 수 없는 시간이자 내가 누리는 일상의 혜택을 넘어서는 시간이었다.

나는 동양인들이 일을 제쳐두고 명상에 빠지는 의미가 무엇인지 깨달았다.

§

여름 한낮에 창가에 앉아 있을 때면 매가 내가 닦아놓은 개간지 위를 맴돌았다. 재빠른 멧비둘기가 내 눈앞을 두세 번 가로질러 날거나 집 뒤편 백송나무 가지에 이리저리 옮겨 앉으며 울음소리를 냈다. 물수리는 물고기를 낚아채느라 거울 같은 호수의 수면에 잔물결을 만들었다. 밍크는 수초 사이에서 내 방문 앞까지 슬그머니 나와 호숫가의 개구리를 잡았다. 풀잎은 개개비가 이리저리 옮겨 앉는 바람에 무게를 못 견디고 아래로 휘었다.

30분 전부터 덜컥대는 열차소리를 들었는데 지금은 점점 작아지더니 자고새Partridge가 퍼덕이는 듯한 소리를 내고 있다. 보스턴에서 여행객을 싣고 시골로 향하는 열차다.

§

기차의 기적소리는 여름과 겨우내 숲에 울려 퍼진다. 그 소리는 마치 어느 농부의 마당 위를 맴도는 매의 울음소리와도 같다. 또한 이 소리는 마을 한가운데에 부지런한 도시상인들과 이에 질세라 시골상인들이 맞은편에 도착했음을 알리는 소리이기도 하다. 마침내 그들이 한데 모이게 되면 서로에게 비키라고 윽박지르며 목청을 높인다. 때로 이 소리는 두 마을이나 건너서 들리기도 한다.

'식료품 사세요, 시골사람들! 먹을거리 사세요, 동네사람들!' 자기 농장에서 나는 식품으로만 생활하는 사람은 아무도 없기에 필요 없다고 말할 사람은 없다.

'물건 값으로 이걸 받으시오!' 라고 소리를 지르는 시골사람의 기적소리가 울린다.

성을 부수는 공성망치 같이 생긴 긴 목재는 시속 32킬로미터의 속도로 도시의 성벽을 향해 질주한다. 거기에는 성에 사는 지치고 삶에 찌든 사람들을 편히 앉게 할 충분한 의자 재료가 마련되어 있다. 거대하고 묵직한 인사와 함께 시골사람은 도시사람에게 의자를 건넨다.

§

상업은 생각보다 확실하고 낙관적이다. 민첩하고 모험적이며 지칠 줄 모른다. 게다가 그 방식이 매우 자연스럽다. 수많은 터무니없는 계획이나 감상에 빠진 실험보다 훨씬 낫다. 여기에서 상업의 뛰어난 업적이 시작되었다.

§

여름 한동안 저녁 기차가 지나간 후 일곱 시 반쯤이면 일정하게 쏙독새*Whip-poor-will가 반시간 동안

* 유투브에서 'whip poor will call'을 검색해서 울음소리를 들어보자.

문 옆 그루터기나 집의 용마루에 앉아 저녁 성가를 울렸다. 이 녀석들은 매일 해가 지면 오 분 이내에 시계처럼 정확히 울기 시작했다. 나는 녀석들의 습성을 자세히 파악하는 흔치 않은 기회를 얻을 수 있었다.

때로는 숲속 네다섯 곳에서 동시에 울어대는 소리를 듣기도 했다. 어쩌다 한 소절이 끝나면 뒤이어 다른 녀석이 이었다. 아주 가까이에 있어서 노랫소리가 끝난 후의 짖는 소리라든가, 몸집이 크니 소리도 컸을 테지만 파리가 거미줄에 걸렸을 때처럼 윙윙거리는 독특한 소리도 들을 수 있었다. 어떤 날은 숲 속에서 한 녀석이 줄로 매놓은 것처럼 몇 발자국 떨어지지 않은 거리에서 내 주위를 빙빙 맴돌기도 했다. 아마도 내가 녀석의 알에 가까이 있었던 모양이었다. 녀석들은 밤새 드문드문 울다가 해 뜨기 바로 직전에 또다시 음악회를 열었다.

65

나는 거기에 부엉이가 있어서 좋다. 녀석들이 사람들을 향해 얼빠지고 미친 듯 울 수 있도록 보존하자. 이 소리는 습지나 볕이 들지 않는 그늘진 숲에 놀라울 정도로 어울리며 인간이 알 수 없는 광활한 미개척 자연을 떠올린다. 녀석들은 사람이 누구나 품고 있는 어둡고 채워지지 않은 상념의 핵심을 표현한다.

§

밤늦은 시간이면 멀리 다리 위를 지나는 마차바퀴 울리는 소리가 들렸다. 그 소리는 밤이면 어느 소리보다 더 멀리까지 들렸다. 개 짖는 소리와 멀찍이 떨어진 어느 집 헛간 마당에서 울어대는 쓸쓸한 소 울음소리도 여러 번 들렸다.

그러는 동안, 온 호숫가는 황소개구리Bullfrog의 나팔소리로 꽉 들어찼다. 오랜 역사를 지닌 술고래와 잔치 객들의 불굴의 정신으로 아직도 뉘우치지 않고 어둡고 음울한 호수에서 돌림노래를 부르려 애썼다—월든 호수의 요정이 있다면 이런 비유를 용서해주길. 수초는 온데간데없고 개구리만 가득했다오.

이들은 오랜 축제탁자에서 유쾌한 전통을 이어가고 싶었지만 목이 쉰 나머지 장례 분위기가 되어 즐거움을 망치고 술은 풍미가 떨어져 배만 잔뜩 불리는 물이 되고 말았다. 지난 추억에 빠질 달콤한 취기도 없었고 그저 물어 퉁퉁 불은 포만감만 있었다.

§

나는 개, 고양이, 암소, 돼지뿐만 아니라 암탉도 기르지 않았다. 혹시 너무 가정의 소음이 없는 것 아니냐고 말할지도 모르겠다. 우유 젓는 소리, 실 뽑는 소리, 주전자 뚜껑 덜덜대는 소리, 솥 뚜껑에 김빠지는 소리, 애기 우는 소리 등 사람을 편안히 만드는 소리는 아무 것도 없었다. 고루한 사고방식을 가진 사람이라면 미치거나 지루해서 죽어버릴지도 모르겠다.

흔한 쥐조차 벽을 갉지 않았다. 아마 굶어죽었거나 먹을 게 눈곱만큼도 없었기 때문일 것이다. 그저 지붕 위나 마루 밑을 지나는 다람쥐와 용마루 위의 쏙독새, 창문 밑에서 소리를 지르는 푸른 어치*Blue jay, 집 아래편의 산토끼나 우드척, 집 뒤편에서 날카롭게 울거나 고양이 같이 앉아 있는 올빼미, 한 떼의 들오리와 웃음소리를 내는 아비**Loon: 아비과의 물새가 있는 호수, 밤에 짖어대는 여우만이 있었다.

종달새와 꾀꼬리처럼 경작지를 좋아하는 순한 새들조차 나의 개척지를 찾아오질 않았다. 마당에는 홰를 치는 수탉도, 꼬꼬거리는

* 유투브에서 'blue jay calls and sounds'를 참고하자.

** 유투브에서 'Loon calls at night' 참고, 늑대울음소리를 닮은 긴 울음과 웃음소리를 닮은 짧은 울음소리를 들을 수 있다.

67

암탉도 없었다. 아니, 마당이 없다! 문지방 바로 너머에 울타리
없는 자연이 맞닿아 있을 뿐이다.

Solitude
고독

나는 전혀 쓸쓸한 느낌을 받은 적이 없다. 아주 조금도 고독감에
우울해진 적이 없다. 그런데 딱 한 번, 내가 숲으로 들어온 지 몇
주 정도 지났을 때였다. 한 시간 정도를 근처에 이웃사람이 없는
편이 쾌활하고 건강한 삶의 기본이 될 수 있을까 고민하고 있었다.
홀로된다는 것이 즐겁지만은 않기 때문이다. 하지만 이내 기분이
살짝 어리석었음을 자각했고 곧 진정될 거라 믿었다.
이런 생각을 하던 중에 부드럽게 비가 내렸다. 똑똑 떨어지는 빗방
울 소리를 들으며, 집을 감싸고 있는 모든 소리와 풍경과 더불어
감미롭고 인정 많은 자연의 공동체에 내가 속해 있다는 것을 문득
깨달았다. 마치 나를 숨 쉬고 살게 만드는 공기와 같이 무한하고
헤아릴 수 없는 전폭적인 호의였다. 이웃사람이라는 헛된 편리를
하찮게 만든 호의였고 그 후로 다시는 그런 생각을 하지 않았다.

요약글 읽기

나는 외롭지 않았나?

내가 사는 곳은 아시아나 아프리카의 대초원만큼이나 적막하다. 나는 나만의 작은 세상을 가진 셈이다. 딱 한 번, 주변에 사람이 사는 것이 낫지 않을까 생각한 적이 있었다. 하지만 쏟아지는 빗소리에 갑자기 나와 함께 하고 있는 수많은 자연의 존재들을 깨달았다. 더 이상 외로움을 느끼지 않았다. 사람들은 내가 외로웠을 거라 생각한다. 나는 진실로 외롭지 않았다. 외려 사람을 너무 자주 만나면 새로운 가치를 얻을 기회가 줄고 혹시 싸움이라도 나지 않을까 걱정하여 서로 예의범절에 대한 합의까지 봐야 한다. 우리는 서로 빽빽이 살다보니 서로 거치적거리고 방해가 된다. 결국 서로에 대한 존경심만 잃는다.

고독은 어떤 의미였나?

우리는 어떤 곳에서 살고 싶어 할까? 그 곳은 사람이 북적대는 장소가 아닌 영원한 생명의 샘터일 것이다. 나는 혼자 지내는 것이 심신에 좋다고 생각한다. 우리는 혼자 있을 때보다 사람들 사이에 있을 때 더 외롭다. 자기 일을 성실히 하거나 사색에 빠진 사람은 비록 사람들 사이에 있어도 사막의 수도승만큼이나 고독하다.

내게는 굉장히 많은 친구들이 있다. 아무도 찾아오는 사람이 없는 아침이 더욱 그립다. 호수가 외롭지 않고 태양이 외롭지 않듯, 나 또한 외롭지 않다. 하지만 악마는 항상 떼로 몰려다니며 절대 혼자 있지 않다. 자연은 늘 사람에게 자애로워서 무궁한 건강과 기쁨을 준다. 또한 연민을 지니고 있기에 사람이 슬퍼한다면 태양도 빛을 잃을 것이고 바람은 한숨을 쉴 것이며 구름은 눈물을 흘릴 것이다. 그러니 어떻게 자연과 함께 하지 않을 수 있는가? 우리에게 건강과 기쁨을 주는 명약은 바로 자연이 선사하는 채소, 약초와 아침공기다.

본문 읽기

나는 왜 인적이 드물고 몇 제곱킬로미터의 숲으로 둘러싸인 광활한 장소에 은둔하며 사람들에게서 멀어졌을까? 가장 가까운 이웃은 약 1.6킬로미터 거리에 있다. 근방에 집이라곤 볼 수가 없다. 언덕에 올라야만 800미터 정도 떨어진 곳에 집이 보인다. 나는 온통 숲으로 된 울타리를 가지고 있다. 멀찍이 한편에 철길이 호수와 맞닿아 있는 것이 보이고 건너편에는 숲으로 울타리를 친 길이 보인다.

하지만 내가 사는 지역의 대부분은 대초원만큼이나 적막하다. 이곳은 뉴잉글랜드지만 아시아나 아프리카를 닮았다. 말하자면 나는 나만을 위한 해와 달과 별, 그리고 모든 것이 나를 위해 존재하는 작은 세상을 가지고 있는 것이다.

나는 전혀 쓸쓸한 느낌을 받은 적이 없다. 아주 조금도 고독감에 우울해진 적이 없다. 그런데 딱 한 번, 내가 숲으로 들어온 지 몇 주 정도 지났을 때였다. 한 시간 정도를 근처에 이웃사람이 없는 편이 쾌활하고 건강한 삶의 기본이 될 수 있을까 고민하고 있었다. 홀로된다는 것이 즐겁지만은 않기 때문이다. 하지만 이내 기분이 살짝 어리석었음을 자각했고 곧 진정될 거라 믿었다.

이런 생각을 하던 중에 부드럽게 비가 내렸다. 똑똑 떨어지는 빗방울 소리를 들으며, 집을 감싸고 있는 모든 소리와 풍경과 더불어 감미롭고 인정 많은 자연의 공동체에 내가 속해 있다는 것을 문득 깨달았다. 마치 나를 숨 쉬고 살게 만드는 공기와 같이 무한하고 헤아릴 수 없는 전폭적인 친절이었다. 이웃사람이라는 헛된 편리를 하찮게 만든 호의였고 그 후로 다시는 그런 생각을 하지 않았다.

§

나는 다리를 아무리 재빨리 놀려도 두 사람의 마음이 더 가까워질 수 없다는 것을 깨달았다.

우리는 어떤 장소에 가까이 살고자 하는가? 분명히 정류장, 우체국, 술집, 사교장소, 학교, 잡화점, 비컨힐보스턴의 번화가, 파이

브 포인츠뉴욕의 슬럼가 등과 같이 사람이 많이 모이는 군중 사이가 아니라, 버드나무가 물과 모래땅을 향해 뿌리를 뻗듯 우리가 오랜 세월 찾아왔던 생명의 영원한 활력이 샘솟는 곳일 것이다. 사람의 본성에 따라 다르겠지만 현명한 사람이라면 이곳에 자신의 보물창고를 만들 것이다.

§

죽은 사람을 깨우거나 생명을 되찾을 수 있다면 시간과 장소는 상관하지 않을 것이다. 그런 일이 일어날 수 있는 장소는 언제나 같은 형태이며 우리의 감각에 말로는 표현할 수 없는 즐거움을 준다.

대부분 우리는 기회를 엿보고자 본질에서 벗어난 쓸데없는 것에 신경을 쓴다. 이것이 우리를 산만하게 만드는 원인이다. 만물에는 그 존재를 결정하는 힘이 있기 마련이다. 세상은 이 거대한 법칙에 의해 끊임없이 움직이고 있다. 세상은 고용된 사람들이나 말하기를 좋아하는 사람들이 아닌 자신의 일을 하는 사람들로 이루어져 있다.

나는 많은 시간을 홀로 있는 것이 더 유익하다는 것을 깨달았다. 사람들과 함께할 때면 가장 친한 사람이라 하더라도 이내 지루해지고 지친다. 나는 홀로 있는 것이 좋다. 나는 고독만큼이나 친해지기 쉬운 친구는 찾지 못했다. 사람들은 대다수 자기 골방에 있을 때보다 외출하여 사람들 사이에 있을 때 더 외롭다. 사색을 하거나 일을 하는 사람은 그가 어디에 있거나 언제나 혼자다. 두 사람 사이의 공간적 거리로 고독을 측정할 수는 없다. 케임브리지 대학의 복작대는 사람들 속에서도 열심히 공부에 빠진 한 학생은 사막의 수도승만큼이나 고독하다.

§

사교란, 일반적으로 얄팍하기 마련이다. 우리는 너무 자주 만남으로써 타인의 새로운 가치를 발견할 기회를 갖지 못한다. 우리는 하루 세 끼 식사시간마다 만나 곰팡이가 핀 오래된 치즈의 색다른 맛을 선보일 뿐이다. 우리는 이토록 자주 만나며 싸움을 벌이지 않고 견딜 수 있도록 예의범절이라 부르는 규칙을 만들어 놓았다.

우리는 우체국에서 만나고 사교장에서 만나고 매일 밤 난롯가에서 만난다. 우리는 너무 빼곡히 살다보니 다른 사람의 길을 방해하고 서로 걸려 자빠진다. 그 결과 서로에 대한 존경을 잃고 말았다. 분명 자주 만나지 않아도 모든 중요하고 진심 어린 소통이 충분히 가능할 것이다.

§

내 집에는 굉장히 많은 친구들이 있다. 특히 아무도 찾아오지 않는 아침이 그렇다. 내 생각이 어떤 것인지 전하기 위해 몇 가지 예를 들어보겠다.

나는 월든 호수나 호수에서 크게 웃어대는 아비만큼이나 외롭지 않다. 저 외로운 호수에게 무슨 친구가 있겠는가? 내가 혹시 그렇게 바라는 것은 아닌가? 호수에는 옅은 하늘색 물속에 푸른 악마가 있는 것이 아니라 푸른 천사가 있는 것이다. 태양은 혼자다. 두터운 구름이 드리워 둘로 보일 때도 있지만 하나는 가짜에 불과하다. 신도 혼자다. 하지만 악마는 고독과 거리가 멀다. 악마는 많은 동료를 필요로 하기 때문에 떼로 다닌다.

나는 목초지에 홀로 핀 멀린Mullein:현삼과 식물이나 민들레, 콩 잎 사귀, 괭이밥, 말파리나 말벌만큼이나 외롭지 않다. 나는 밀브루크Mill Brook:콩코드 인근의 하천, 풍향계, 북극성, 남풍, 4월의 소나기, 1월의 서리, 새 집에 나타난 첫 번째 거미만큼이나 외롭지 않다.

우리를 건강과 활력과 안정을 지켜주는 명약은 무엇인가? 그것은 우리의 증조할아버지가 만든 것이 아니라 우리의 증조할머니 격인 자연의 평범한 채소와 약초들이다. 이것으로 대자연 증조할머니는 늘 젊음을 유지했다. 건강을 위해 자신의 썩어 비옥해진 거름을 취하며 파Thomas Parr:152세까지 살았다는 영국인 할아버지보다 오래 살았다.

■ 소로의 초상.

Visitors
손님들

맞다! 문제는 그것이었다. 늙고 우유부단한 자들, 겁쟁이들, 남녀노소를 불문하고 질병과 사고와 죽음의 걱정만 가득한 이들의 삶은 위험으로 가득 찬 듯 보인다. 걱정이 없으면 위험도 없는 것 아닌가? 아마도 그들은 신중한 사람이라면 위급한 순간에 의사가 단숨에 달려올 수 있는 안전한 장소를 주의 깊게 골라야 한다고 생각할 것이다.

요약글 읽기

누가 찾아왔나?

내 집에는 세 개의 의자가 있다. 하나는 고독을 위해, 또 하나는 우정을 위해, 나머지 하나는 사교를 위한 것이었다. 손님이 많을 때면 의자 세 개를 모두 사교를 위해 내 주었다. 많은 손님이 와도 사교에는 전혀 문제가 되지 않았다. 다만 이성적인 대화를 나누기에는 방이 좁아 서로의 거리가 너무 가까웠다. 식사와 잠자리는 불편했으나 내색하는 손님은 없었다.

고독해 보이지만 늘 쾌활하고 순수한 젊은 나무꾼이 찾아왔다. 가난하고 머리가 좀 모자라는 사람이 찾아오기도 하고 자선을 원하는 사람과 도망친 노예도 있었다. 그 외에 남녀노소를 가리지 않고 많은 사람들이 찾아왔다. 나는 이 사람들을 관찰했다.

어떤 생각을 가진 사람들이었나?

젊은 나무꾼은 닳지 않고 순수한 사람이었다. 그는 소박하고 동물적 에너지로 가득 차 있어서 지적 성장은 거의 없었던 사람이었다. 그럼에도 불구하고 그의 판단은 늘 단순하면서도 독창적인 견해를 보였는데 마치 깊이를 알 수 없는 월든 호수 같았다. 머리가 모자라는 손님은 지적 능력이 부족했지만 소박하고 진지했으며 거짓이 없었다. 자신을 원하는 손님은 스스로 문제를 해결할 생각은 전혀 없어보였다.

소년과 소녀, 젊은 여성들은 호수와 꽃을 보며 시간을 유익하게 보냈고, 사업가와 농부는 현실문제에만 집착했다. 가장들은 여유가 없었고 목사는 오만했다. 가정주부는 무례했고 더 이상 젊지 않은 생각을 가진 젊은이도 있었다. 이들의 대부분은 온통 삶에 대한 근심과 걱정에 빠져 스스로 위험을 키우며 안전을 보장받는 마을을 한치도 벗어날 수 없는 사람들이었다.

이보다는 훨씬 유쾌한 사람들도 있었다. 딸기를 따러온 아이들, 말끔한 셔츠를 입고 산책을 나온 철도원, 낚시꾼과 사냥꾼, 시인과 철학자들이 있었다. 마을을 떠나 자유를 찾고자 숲으로 온 사람들, 나는 이런 손님들을 기꺼이 환영한다.

본문 읽기

내 집에는 세 개의 의자가 있다. 하나는 고독을 위해, 두 번째는 우정을 위해, 세 번째는 사교를 위한 것이다. 손님이 많거나 예상치 못한 경우에는 의자를 모두 세 번째 용도로 쓸 수밖에 없었다. 하지만 손님들은 대개 서서 공간을 절약해주었다. 그 좁은 방에 많은 수의 지체 높은 신사숙녀를 들일 수 있다는 게 놀랍기만 했다. 나는 내 좁은 지붕 아래에 스물다섯이나 서른 정도의 영혼과 그들의 몸을 한꺼번에 들였지만 헤어질 때는 서로 그토록 가까이 마주하고 있었다는 사실을 의식하지 않았다.

한 가지 불편한 점은 집이 작다보니 손님을 맞아 거창한 견해에 대한 대화에 목청 높여 빠져들 때, 충분한 거리를 유지할 수 없다는 점이다. 누구나 자신의 생각이 항구에 닿기 전에 한두 항로로 계속 질주하거나 가다듬을 수 있는 방을 원한다.

그대가 가진 생각의 총알이 듣는 사람의 귀에 적중하기도 전에 빗맞아 튀겨나가 떨어지지 않고 궤적을 유지하도록 집중해야 한다. 그렇지 않으면 듣는 사람의 머리를 지나 반대편으로 흘러버릴지도 모른다. 마찬가지로 우리의 문장 또한 문단의 모양을 만들어 전개할 수 있는 거리가 필요하다. 개인도 국가처럼 적당한 경계와 자연스러운 영역이 있어야 하고 사람 사이에는 충분한 중립지대가 있어야 한다.

§

어쨌든, 손님을 맞을 수 있는 최고의 방이자 응접실은 바닥에 햇볕이 드문드문 드는 집 뒤편의 소나무 숲이었다. 여름의 어느 날, 귀한 손님들이라도 오면 돈으로는 살 수 없는 가정부가 마루를 닦고 가구의 먼지를 털어내고 정리정돈을 해주었다. 나는 손님을 모시기만 하면 되었다.

내가 그에게 관심을 갖게 된 것은 그가 매우 과묵하고 고독해 보이지만 한편으로는 꽤 행복해 보였기 때문이었다. 그의 눈동자는 유쾌한 농담과 만족감이 흘러넘치는 샘 같았다. 그의 쾌활함은 순수했다. 종종 숲에서 나무를 베고 있는 그를 만나면 더 없이 만족스럽게 웃으며 캐나다식 프랑스 인사로 나를 반겼다. 물론 영어도 잘 했다.

내가 다가가면 그는 흥분을 반쯤 억누른 채 일손을 잠시 멈췄다. 그리고 베고 있던 소나무 등걸에 드러누워 웃고 떠드는 동안 소나무 속껍질을 벗겨 공처럼 말아 씹었다. 넘치는 동물적 정기가 넘치는 그는 조금이라도 우스운 생각이 들면 나무 밑으로 굴러 떨어져 땅바닥을 뒹굴며 웃어댔다.

§

처음 보는 사람에게는 그가 세상사를 전혀 모르는 사람처럼 비칠 것이다. 하지만 나는 이따금 다른 사람에게서는 볼 수 없었던 그의 내면을 보았다.

나는 그가 셰익스피어만큼 똑똑한 건지 아이처럼 순진한 건지, 훌륭한 시적인 의식을 가지고 있는 건지 어리석은 건지 알 수가 없었다. 마을 사람의 얘기로는, 그가 작고 딱 맞는 모자를 쓰고 휘파람을 불며 동네를 어슬렁거리는 모습을 볼 때면 변장한 왕자가 생각난다고 했다.

§

어느 겨울 날, 나는 목사를 대신해 그의 내면을 움직여 더 나은 삶의 동기를 주고자 그에게 삶이 늘 만족스러운지 물었다.
"만족스럽죠!"
그가 말했다.
"어떤 사람은 한 가지로도 만족하고 다른 사람은 더 많은 걸 바라죠. 아마도 어떤 사람은 실컷 먹은 다음, 온종일 배를 탁자로 향하고 등에 불을 쬐고만 있어도 정말 행복할지도 모르지요!"
나는 갖은 수를 써봤지만 그에게 사물의 영적인 면을 보도록 만들지 못했다. 그가 품은 최고의 덕목은 동물에게서 느낄 수 있는 단순한 안락함이었다. 사실 대개의 사람들이 이렇다. 내가 삶을 개선할 수 있는 충고라도 하면 그는 아무런 후회스러운 기색조차도 없이 그저 너무 늦었다고만 말했다. 그는 단지 덕을 섬기듯 정직만을 철저히 신봉할 뿐이었다.
가벼웠지만 그에게는 다소의 긍정적인 독창성이 있었다. 나는 때때로 그가 스스로 생각하고 자신의 의견을 표현하는 것을 봤다. 이런 현상은 아주 드물기 때문에 이를 관찰하려 어느 때라도 16킬로미터를 걸어갈 수도 있을 것 같았다. 그의 표현은 사회의 여러 제도를 재정비하는 경지에 까지 이르렀다. 비록 그가 말을 더듬고 자기 생각을 분명히 표현하지 못하기도 했지만 늘 준비된 생각을 지니고 있었다. 그의 사고방식은 너무 원시적이고 동물적 삶에 젖어 있어서 어쩌다 완숙의 경지에 이르러 발표가 되는 날이 있다 치더라도 배운 사람의 학식을 넘어설 가망은 거의 없어 보였다.

그는 아무리 오래도록 미천하고 배우지 못한 채 삶을 이어가는 계층이라도 천재성을 지닌 사람이 있는 것을 일깨우는 표본이었다. 이들은 일관된 자신의 관점을 가지고 있거나 아예 아무것도 모르는 행세를 하기도 한다. 이들은 어둡고 진흙투성이지만 바닥이 없다고 전해지는 월든 호수의 밑바닥과 같다.

§

날 찾아온 손님들의 일부 특성이 내 눈길을 끌었다. 소년과 소녀, 젊은 아가씨들은 주로 숲에 있기를 좋아했다. 이들은 호수와 꽃을 보며 보람 있는 시간을 보냈다.

사업가나 농부는 오직 쓸쓸함과 일, 멀리 떨어져 사는 내 형편에 대해서만 관심을 가졌다. 이들은 종종 숲속 산책을 즐긴다고 말했지만 그러지 않는 게 분명했다. 생계를 떠맡아야 해서 먹고 사는데 급급해 쉴 짬이 없는 가장들, 신에 대해 이야기하면서 다른 의견은 참지 못하고 이야기를 혼자 독점하며 신이 난 목사들, 의사들, 법률가들, 내가 없을 때 찬장과 침실을 엿보는 깐깐한 주부들-언제 다녀갔는지 모르겠지만, 자기 침대보가 내 것보다 깨끗하다는 걸 어떻게 알았지? 바닥이 단단하게 다져진 직업을 좇는 것이 가장 안전하다고 결론 내린 애늙은이들, 이 사람들은 한결같이 내 상황에서는 더 좋은 일을 하는 것이 불가능하다고 말했다.

맞다! 문제는 그것이었다. 늙고 우유부단한 자들, 겁쟁이들, 남녀노소를 불문하고 질병과 사고와 죽음의 걱정만 가득한 이들의 삶은 위험으로 가득 찬 듯 보인다. 걱정이 없으면 위험도 없는 것 아닌가? 아마도 그들은 신중한 사람이라면 위급한 순간에 의사가 단숨에 달려올 수 있는 안전한 장소를 주의 깊게 골라야 한다고 생각할 것이다.

§

앞에 언급한 사람들보다 훨씬 활력이 넘치는 손님들도 있었다. 딸기를 따러 나온 아이들, 일요일 아침에 말끔한 셔츠를 입고 산책을 나온 선로원, 낚시꾼과 사냥꾼들, 시인과 철학자들. 말하자면, 마을을 뒤로 하고 진정 자유를 찾고자 숲으로 떠나온 모든 순수한 순례자들이여, 나는 이미 오래 전부터 그런 사람들과 사귀었기에 인사를 할 준비가 되어있다.

"어서 오시오, 영국인들! 어서 오시오, 영국인들이여!"

The Bean-Field
콩밭

우리는 태양이 늘 우리의 경작지와 대초원, 숲을 차별하지 않고 굽어본다는 것을 습관처럼 잊는다. 햇볕을 받는 모든 것들은 똑같이 그 빛을 흡수하거나 반사한다. 농부는 매일 순회하는 햇빛에 비친 위대한 풍경의 일부에 지나지 않는다. 태양의 관점에서 보면 지구는 모두 똑같이 가꾸어지는 정원인 셈이다. 그러니 우리는 태양의 빛과 열을 받는 이로움에 걸맞은 믿음과 아량을 가져야 한다.

요약글 읽기

어떻게 콩 농사를 지었나?

10제곱킬로미터 정도의 땅을 개간해 콩밭을 일구었다. 밭에 거름도 하지 않았고 오로지 혼자만의 힘으로 가꾸었다. 더 이상 미룰 수가 없어 길이가 75미터쯤 되는 콩밭의 밭고랑을 오가며 김을 맸다. 콩밭을 매다 보면 지나던 사람들이 이러저러한 훈수를 두거나 새들이 날아와 기운을 북돋아주기도 하고, 마을에서 벌어지는 군사훈련 소리나 폭죽 터지는 소리도 들렸다. 이따금 밭에서 인디언들이 농사를 짓던 흔적을 발견하기도 했다.

콩밭에 거름을 전혀 주지를 않았으나 김매기에 공을 많이 들여 좋은 결과를 얻을 수 있었다. 콩 농사로 23달러 44센트를 벌었고 14달러

72센트 정도의 비용이 들었다. 그래서 8달러 71센트 정도의 순이익금을 남겼다.

콩 농사를 지으며 얻은 경험의 결과는 이렇다. 6월 초순에 싱싱한 순종의 콩을 적당한 간격으로 심은 다음, 벌레와 우드척이 먹어치우지 않도록 조심한다. 그리고 서리를 피해 일찍 수확하여 손실을 예방하고 좋은 판매시기에 맞춘다.

콩 농사를 하며 무엇을 느꼈나?

농사가 한때는 신성한 예술이었던 적이 있었다. 하지만 지금은 탐욕과 이기심에 가득 찬 사람들에 의해 점령당해 품위를 잃고 비참한 삶을 살고 있다. 더욱이 이들은 새롭거나 참된 가치는 외면한 채, 고된 농사에만 매달린다. 빵이 항상 우리를 배부르게 하는 것은 아니다. 사람과 자연에서 느끼는 넉넉함과 순수함이 우리에게 더 이로움을 준다.

우리는 햇볕이 자연과 인간의 농토를 공정히 비추고 있다는 사실을 잊고 산다. 우리는 자연의 극히 작은 일부에 지나지 않는다. 우리는 자연에서 혜택을 얻는 만큼의 믿음과 아량을 베풀 줄 알아야한다. 밀 이삭만 소중한 것이 아니다. 이기심을 버리고 자연과 상생하려는 노력이 필요하다.

본문 읽기

아침이슬이 그대로 매달려있고 우드척이나 다람쥐가 길을 가로
지르거나 해가 키 작은 참나무 위로 떠오르기 전에 나는 콩밭에
길게 자란 잡초를 김매어 마른 흙으로 덮었다. 마을의 농부들은
내게 이슬이 마르기 전에는 일을 하지 말라고 했지만 나는 그대
들에게 이슬이 있을 때 가급적 일을 하라고 권하고 싶다.
이른 아침이면 조소작가처럼 이슬이 축축한 모래흙을 맨발에
묻히며 일을 했다. 시간이 흐르면 햇빛 때문에 발이 부풀어 올
랐다. 누렇고 자갈투성이인 75미터쯤 되는 고지대의 긴 밭고랑
사이를 천천히 오가며 콩밭을 매는 동안 햇볕이 내리 쪼였다.
한 고랑이 끝나면 키 작은 참나무 숲이 있어 그 아래 그늘에서
쉴 수 있었다. 반대편 고랑에는 블랙베리 숲이 있었다. 한 바퀴

김매기를 마치고 돌아오면 덜 익은 열매가 한층 더 색이 짙어져 있었다.

잡초를 뽑고 심어놓은 콩대에 신선한 흙을 북돋우며 황토가 여름 동안, 쑥wormwood과 파이퍼 풀Piper grass(Sudan grass):수수속의 일년생 목초, 나도겨이삭millet grass 대신에 콩잎과 콩꽃만을 편애하여 만발하도록 만들고 대지가 풀 대신 콩을 부르도록 만들었다. 이것이 내 하루 일과였다.

말과 소를 부리고, 어른과 아이의 품을 쓰거나 농기구를 아주 적게 썼기 때문에 일이 더뎠다. 대신 콩과는 더욱 친해졌다.

§

밭 근처에 있는 자작나무 꼭대기 가지에서 사람 사귀기를 좋아하는 명금*Brown Thrasher이-어떤 사람은 레드메이비스Red Mavis라고

* 유투브에서 'Brown Thrasher singing'를 참고하자.

부르기를 더 좋아하지만-노래를 했다. 이 녀석은 그대의 밭이 여기 없으면 다른 농부의 밭을 찾아갈 것이다.

씨를 뿌릴 때면 이렇게 외친다. 씨를 뿌려, 씨를 뿌려, 씨를 덮어, 씨를 덮어, 뽑아 내, 뽑아 내. 그래도 이 씨앗은 옥수수가 아니니 씨앗을 파먹는 비슷한 새들로부터 안전했다.

한 개의 현인지 스무 개의 현인지 모르겠지만, 어설프게 파가니

93

니Nicolo Paganini, 1782-1840: 이탈리아 바이올리니스트이자 작곡가를 연주하는 이 녀석의 노랫소리가 대체 농사와 무슨 상관이 있단 말인가. 그러나 이것이 내가 믿는 가장 값 싸고 질 좋은 거름이다. 잿물이나 횟가루보다 더 좋다.

§

내가 콩을 재배하면서 가꾸고, 김매고, 추수하고, 탈곡하고, 이삭을 줍기가 끝나고 팔기-이 마지막 과정이 가장 어려웠다-까지 오랜 관찰의 시간은 독특한 경험이었다. 게다가 맛도 보았으니 먹는 과정도 포함해야겠다. 이렇게 나는 콩을 연구하게 되었다.

콩이 자라기 시작하면 오전 5시부터 정오까지 김을 맸고 남는 시간은 보통 다른 일을 했다. 콩밭을 매는 동안 여러 가지 잡초와 맺은 친숙하고도 괴상한 인연-일에도 반복이 많은 것처럼 설명이 반복되더라도 견디시길-을 생각해보라. 그 여린 생명의 성장을 무자비하게 방해하고, 밭 갈며 차별대우를 하고, 밭두둑의 한 종은 열심히 가꾸고 다른 종들은 뽑아버렸다. 바로 로마 쑥Roman wormwood, 돼지풀, 괭이밥, 파이퍼 풀들이다. 이 녀석들은 골라 솎아내서 뿌리가 햇빛을 보도록 뒤집어 잔뿌리가 그늘에 닿지 않도록 해야 한다. 안 그러면 이틀도 안 되어서 몸을 뒤틀어 파 싹처럼 파랗게 돋아날 것이다.

§

나는 콩밭에 거름을 주지 않았고 한꺼번에 김매기를 하지도 않았다. 할 수 있는 한 정성스레 김을 맸더니 농사가 끝났을 때 충분히 결과가 좋았다. 이블린John Evelyn(1620-1706): 영국 원예가이자 저술가의 말대로 '사실, 어떤 비료든 거름이든 반복해서 삽으로 흙을 뒤집어 입히는 일만하지는 않다.' 다른 책에서 덧붙이기를 '특별히 신선한 대지는 일종의 자력이 있어서 생명력을 주는 염분, 지력과 효험이 있는 성분을 빨아들인다. 이것이 늘 우리가 관습적으로 이어온 농법이다. 분뇨비료와 지저분한 유기물을 섞은 비료는 이 개량농법의 대체수단에 불과하다.' 라고 말했다.

더구나 내가 경작하는 땅은 '혹사당해 기력이 떨어져 안식을 즐기는 대지' 중의 하나였기에 케넬름 딕비 경Sir Kelelm Digby(1603-1665): 영국 해군사령관, 외교관, 물리학자이자 작가의 생각처럼 공기로부터 '생명의 기운'을 빨아먹고 있었다.

다음은 내가 콩 농사를 지으며 얻은 경험의 결과다: 6월 초순에 싱싱하고 둥글며 잡종이 섞이지 않은 작고 하얀 강낭콩을 꼼꼼히 골라 90센티미터 간격의 밭고랑에 45센티미터 간격으로 심는다.

처음에는 벌레가 갉지 않도록 조심하고 싹이 나지 않은 포기는 새로 심는다. 그 다음은 우드척을 조심해야 한다. 울타리가 없는 밭이라면 우드척이 지나갈 때마다 일찍 나온 여린 콩잎을 깨끗이 뜯어먹을 것이다.

어린 덩굴손이 나오기 시작할 때면 이 녀석들이 그걸 알아차리고 다람쥐처럼 곧추서서 꽃봉오리와 콩꼬투리를 죄다 뜯어버릴 것이다. 하지만 서리를 피하고 적절한 시기에 적당한 가격을 받으려면 가장 중요한 것은 일찍 수확하는 것이다. 그래야만 손해를 덜 본다는 뜻이다.

§

고대의 시와 신화는 농업은 신성한 예술이었다고 암시한다. 하지만 지금의 농업은 그저 대량생산과 대량수확만을 목적으로 사람들에 의해 허겁지겁 무분별하게 이루어지고 있다. 농부가 스스로 마음에 우러나 신성을 표현하거나 신성의 기원을 되새기는 축제도, 행렬도, 의식도 없다. 가축품평회와 추수감사절이

라 부르는 행사도 예외가 아니다. 경품과 진수성찬의 유혹만이
있을 뿐이다.

농부는 세레스농업의 신, 로마신화와 대지의 신에게 제물을 바치지
않는다. 다만 지옥의 플루투스부의 신, 로마신화에게만 그리할 뿐이
다. 토지를 재산으로 여기고 부를 얻는 수단에서 벗어나지 못하
는 탐욕과 이기심, 비굴한 습성 때문에 경관은 망가지고 농업은
사람과 함께 타락하여 농부는 비천한 삶을 이어가는 것이다.

§

우리는 태양이 늘 우리의 경작지와 대초원, 숲을 차별하지 않고
굽어본다는 것을 습관처럼 잊는다. 햇볕을 받는 모든 것들은 똑
같이 그 빛을 흡수하거나 반사한다. 농부는 매일 순회하는 햇빛
에 비친 위대한 풍경의 일부에 지나지 않는다. 태양의 관점에서
보면 지구는 모두 똑같이 가꾸어지는 정원인 셈이다. 그러니 우
리는 태양의 빛과 열을 받는 이로움에 걸맞은 믿음과 아량을 가
져야 한다.

내가 종자콩을 소중하게 여기고 매년 가을에 거둬들인다 한들
어떤 의미가 있겠는가? 그토록 오랫동안 보살핀 이 널찍한 땅
은 내가 없어도 상관하지 않을 것이다. 나 대신, 물을 주고 싱싱
하게 만드는 더욱 자애로운 존재의 영향을 받을 것이다.

열매를 맺은 콩을 내가 모두 추수한 것은 아니다. 자라지 않은 일부는 우드척의 차지가 되었잖은가? 밀 이삭라틴어로 Spica, Speca는 죽은 말, spe에서 유래, 뜻은 희망, 작자 주은 농사꾼을 위한 유일한 희망이 되어서는 안 되며 낟알이나 알곡라틴어로 Granum, Gerendo에서 유래, 뜻은 열매, 작자 주만이 밀이 생산하는 전부는 아니다. 그렇다면 어떻게 우리가 수확에 실패했다고 할 수가 있을까? 잡초가 창궐하면 잡초의 씨는 새들의 식량이니 외려 내가 기뻐해야 하지 않을까?

벌판이 농부의 곳간을 얼마나 채워주는가는 어찌 보면 하찮은 문제다. 다람쥐가 올해 밤나무에 밤이 달리든 말든 신경 쓰지 않듯 진정한 농부라면 걱정하지 말아야 한다. 그의 밭에서 생산된 농작물의 권리를 포기하고 처음 씨를 뿌릴 때 그랬듯 마지막 열매 또한 손실을 각오하는 마음가짐으로 하루 일과를 마쳐야 한다.

The Village
마을

우리가 대수롭지 않게 다니는 길은 이미 잘 알고 있는 등대나 튀어나온 지형을 보고 조종을 하는 조타수처럼 늘 아무 생각 없이 다닌다. 또한, 늘 다니던 길에서 벗어나면 근처의 눈에 띄는 지형을 지표로 삼는다. 그래서 완전히 길을 잃거나 헤매기 전까지-사람이 세상에서 길을 잃고 싶으면 그저 눈을 질끈 감고 한 바퀴 빙 돌면 된다- 자연의 광활함과 기괴함을 알지 못한다. 잠을 자든 정신을 놓고 있든, 사람은 깨어날 때마다 나침반의 눈금을 확인해야만 한다.

우리가 길을 잃을 때까지, 달리 말해 우리가 세상을 잃을 때까지 우리는 스스로를 발견하려 하지 않을 것이고, 우리가 어디에 존재하며 우리의 관계가 무한히 넓다는 것도 깨닫지 못할 것이다.

요약글 읽기

마을은 어떤 곳이었나?

숲에서 새와 다람쥐를 관찰하기 위해 거닐었던 것처럼 어른과 아이들을 관찰하려고 마을을 거닐었다. 마을은 거대한 뉴스 판매소 같았다. 사람들은 맥없이 모여 앉아 새로운 뉴스가 흘러나오기만을 기다렸다. 뉴스는 사람들에게 고통에 대한 마비와 무감각만을 키울 뿐이었다. 마을은 지나가는 사람들을 언제나 이야기거리로 만들 수 있는 구조로 되어있다. 나는 망신을 피해 요리조리 피해 다녔다.

첫 해 여름이 끝날 무렵, 수선을 맡긴 구두를 찾으려고 구두 가게에 들렀다가 체포되어 투옥 당했다. 벌건 대낮의 거리에서 노예를 사고파는 부도덕한 정부에 세금을 납부하지 않았기 때문이었다. 다음 날, 석방이 되어 숲으로 돌아오자마자 페어 헤이븐의 야산에서 허클베리로 식사를 했다.

우리가 잃은 것은 무엇일까?

늦게 까지 마을에 머물다가 집으로 돌아올 때면 너무 어두워서 손과 발로 더듬으며 길을 찾아야만 했다. 밤에 숲에 들어오는 사람이면 예외 없이 어둠속에서 길을 잃고 곤욕을 치렀다. 우리는 종종 익숙한 길조차 잃고 헤맬 때가 있다. 사람들은 세상을 너무 익숙하게 생각하여 소중한 것을 잃고 산다. 세상을 잃고 나서야 그 소중함을 깨닫는다.

나는 체포되었을 때 미친 듯 날뛸 수도 있었다. 하지만 나는 사회가 미쳐 날뛰도록 놔두기로 했다. 사회가 점점 희망을 잃고 있었으니까. 나는 소박함을 실천하며 누구에게도 해를 끼치거나, 해를 입지 않았다. 소박한 삶을 잃은 사회는 너무 많이 가진 사람과 너무 가진 것이 없는 사람으로 나뉜다. 이런 사회에서 범죄가 발생한다.

본문 읽기

때때로 나는 숲에서 새나 다람쥐를 보려 거닐었던 것처럼 어른과 아이들을 구경하려 마을을 걸었다. 소나무 사이를 지나는 바람 소리 대신에 마차의 소음이 들렸다. 집에서 한 방향으로 곧장 가면 강가 풀밭에 사향뒤쥐의 서식지가 있었고 반대편 느릅나무와 플라타너스로 된 작은 숲의 경계 너머에 바쁜 사람들이 사는 마을이 있었다. 그곳의 사람들은 각자 자기 굴 입구에 앉아 있다가 잡소식을 전하려 이웃에게 달려가는 프레리도그Prairie-Dog: 초원에 사는 설치류같아서 늘 내 호기심을 자극했다. 나는 그들의 습성을 관찰하기 위해 자주 마을에 갔다.

마을은 내게 거대한 신문잡지 판매소 같았다. 한편에는 스테이트 가의 레딩 앤 컴퍼니가 독자들을 위해 그런 것처럼 땅콩과 건포도, 소금과 식사와 잡화를 팔고 있었다. 앞에 말한 상품의 소비자 중 일부는 뉴스에 대한 식성이 아주 대단해서 왕성한 소화력으로 꼼짝도 안하고 사람의 왕래가 많은 도로에 언제까지라도 앉아 있을 수가 있었다.

지중해 바람이 불듯 자글자글 속살대며 뉴스가 지나쳐 흘렀고 그들은 정기를 빨아 마시듯 먹어치웠다. 뉴스는 의식에 아무런 영향을 미치지 않고 그저 고통에 대한 마비와 무감각만을 키울 뿐이었다. 달리 생각하면 뉴스가 때로는 견디기에 너무나 고통스러운 나머지 그럴 수도 있겠다.

마을구경을 나서면 어김없이 사다리에 올라 줄지어 볕을 쬐며 앉아있는 그런 사람들을 보았다. 그들은 하염없이 몸을 숙인 채, 자극적인 신문기사를 따라 빛나는 눈을 이리저리 굴리고 있거나 처마를 떠받친 조각기둥처럼 주머니에 손을 넣고 창고에 기대 서 있었다. 그들이 문 밖에서 하는 일은 바람결에 떠도는 얘기라면 무엇이든 가리지 않고 듣는 것이었다. 마치 제분기가 하는 일처럼 방안에서 섬세한 깔대기로 곱게 정제되기 전에 미리 대충 빻아 조각을 내는 것과 같았다.

나는 마을의 핵심요소가 잡화점, 술집, 우체국과 은행임을 알아챘다. 그리고 없어서는 안 될 기관으로 적당한 장소에 종과 대포, 소방차를 구비해 놓고 있었다. 건물은 너무나 인간 친화적이라 골목을 사이로 서로 마주보게 되어 있어서 모든 방문객은 매질형벌을 당하고 지나가게끔 되어 있었다. 남녀노소 할 것 없이 그 사람을 한 대씩 때릴 수 있는 구조였다.

§

대개의 경우, 나는 이런 위험을 기막히게 피해 다녔다. 매질형벌을 각오한 사람의 최선책처럼 목적지까지 망설임 없이 단숨에 씩씩하게 뚫고 지나가거나 '신을 찬양하는 악기의 연주에 맞춰 노랫소리 높이 불러 사이렌노랫소리로 선원들을 꾀는 바다요정, 그리스 신화의 목소리를 잠재워 위험에서 벗어난' 오르페우스초자연적 힘을 가진 노래를 연주하는 음악가, 그리스 신화처럼 고차원의 생각에 몰두하며 빠져 다녔다. 어떤 때는 갑자기 도망쳐서 사람들이 내가 어디 있는지 알지 못하기도 했다. 그런 때는 체면 따위는 벗어던지고 개구멍이라도 주저 없이 파고들었기 때문이었다. 나중에는 아무 집이나 뛰어드는 것이 습관처럼 되어버렸다. 그러면 그 집에서 좋은 접대와 더불어 전쟁과 평화의 전망이나 세계 공동체가 더 오래도록 존속할 수 있는지 등에 관한 잘 걸러져 알짜만 가라앉은 뉴스까지 전해 듣고 뒷길로 빠져나와 다시 숲으로 도망치곤 했다.

언제든 숲에서 길을 잃을 수 있다는 것은 확실히 놀랍고 기억에 남을 사건일 뿐만 아니라 소중한 경험이다. 눈보라가 치거나 햇볕이 쨍쨍한 낮조차 종종 사람이 익숙한 길에 나섰음에도 어느 길이 마을로 이르는 길인지 찾지 못할 수도 있다. 수천 번을 지나다녀 알고 있는 길이지만 그 길을 기억할 수 없어 마치 시베리아의 길에 서 있는 것처럼 낯설게 느껴지기도 한다. 물론 밤에는 그 당혹스러움이 한없이 커진다.

우리가 대수롭지 않게 다니는 길은 이미 잘 알고 있는 등대나 튀어나온 지형을 보고 조종을 하는 조타수처럼 늘 아무 생각 없이 다닌다. 또한, 늘 다니던 길어서 벗어나면 근처의 눈에 띄는 지형을 지표로 삼는다. 그래서 완전히 길을 잃거나 헤매기 전까지─사람이 세상에서 길을 잃고 싶으면 그저 눈을 질끈 감고 한 바퀴 빙 돌면 된다─ 자연의 광활함과 기괴함을 알지 못한다. 잠을 자든 정신을 놓고 있든, 사람은 깨어날 때마다 나침반의 눈금을 확인해야만 한다.

우리가 길을 잃을 때까지, 달리 말해 우리가 세상을 잃을 때까지 우리는 스스로를 발견하려 하지 않을 것이고, 우리가 어디에 존재하며 우리의 관계가 무한히 넓다는 것도 깨닫지 못할 것이다.

첫 해 여름이 끝나갈 무렵의 오후였다. 다른 곳시민불복종, Civil Disdbedience, 1849에서 언급했듯 구두 가게에 구두를 찾으러 갔다가 체포되어 옥살이를 했다. 남자와 여자, 어린이를 의회 문 앞에서 가축처럼 사고파는 국가의 권위를 인정하지 않고 세금을 납부하지 않았기 때문이었다. 내가 숲으로 향한 것은 도망치기 위함이 아니었다. 그러나 사람이 가는 곳은 어디나 쫓아와 추한 제도로 옭아매어서, 할 수만 있다면 강제로 가망 없는 불공정한 사회에 묶어두려고 억압한다. 나는 효과가 적든 크든, 강력히 저항할 수도 있었다. 집단에 대항해 미쳐 날뛸 수도 있었다. 하지만 나는 집단이 내게 대항해 미쳐 날뛰는 편을 택했다. 사회가 가망 없어지고 있었으니까.

어쨌든, 다음날 나는 풀려났다. 수선을 마친 내 구두를 찾아 숲으로 돌아와 페어 헤이븐의 야산에서 허클베리로 제때 식사를 할 수 있었다. 나는 국가를 대신한 그 사람들을 제외한 어느 누구에게도 괴롭힘을 당한 적이 없었다.

The Ponds
호수

호수는 가장 아름답고 표정이 풍부한 경관이다. 호수는 대지의 눈이다. 호수를 들여다보는 사람은 자기 본성의 깊이를 가늠할 수 있다. 호숫가에 자라는 나무는 호수에 드리운 가녀린 속눈썹이고 호수를 두른 나무가 무성한 언덕과 절벽은 그 위에 난 눈썹이다.

요약글 읽기

호수에서 나는 무엇을 했나?

이따금 김매기가 끝나면 낚시하는 사람들과 어울렸다. 대화를 나눌 사람이 없을 때는 혼자 배를 타고 뱃전을 노로 두드렸다. 그러면 메아리가 호수와 숲을 가득 메웠다. 예전에는 친구들과 깜깜한 여름밤에 낚시를 오곤 했다. 낚시가 끝나면 모닥불의 불붙은 나뭇가지를 호수를 향해 높이 던져 불꽃놀이를 즐기고는 어둠 속을 더듬어 마을로 돌아왔다.

마을에서 밤늦도록 머물다 돌아오면 식사거리를 장만할 겸, 밤낚시를 하곤 했다. 낚싯줄을 통해 물고기와 교감을 하며 자연에 동화된 나를 느끼기도 했다.

호수는 어떻게 생겼나?

월든 호수는 작지만 깊고 맑은 아름다운 호수다. 호수의 빛깔은 다양했다. 어떤 때에는 하늘색으로 보이고 어떤 때에는 녹색으로 보이기도 했다. 사람들은 숲의 빛깔에 의해 색이 바뀐다고 말했다. 멀리 떨어진 곳에서 보면 호수는 짙은 녹색으로 빛난다. 해질 녘이면 녹색을 띤 푸른색으로 보였다.

호수는 너무 맑아서 9미터의 바닥도 훤히 보였다. 언젠가 7.5미터 깊이의 호수바닥에 도끼를 빠트린 적이 있었는데 자작나무에 올가미를 달아 도끼를 건져내기도 했다. 호수의 가운데는 너무 깊어서 호수의 밑바닥이 없다는 사람도 있다.

호수는 수위는 일정한 주기를 가진 것은 아니지만 대개 겨울에 높아지고 여름에 낮아진다. 수위가 높았다가 내려가면 이전에 살던 나무들이 죽어 호숫가가 깨끗하게 드러난다. 호숫가에는 작은 모래밭이 두어 군데 있고 나머지는 둥글고 하얀 자갈들로 이루어져 있는데 물 속으로 5미터나 10미터까지 뻗어 있다가 그 이상은 깨끗한 모래바닥이 이어진다.

호숫물의 온도는 섭씨 5.5도로 마을의 가장 차가운 우물물보다 1도 낮았다. 늘 차가운 상태를 유지하며 잡맛이 없어서 내게는 가장 좋은 우물물이었다.

호수에는 어떤 동물들이 살고 있나?

월든 호수에는 물고기가 많지는 않다. 강꼬치가 가장 많이 잡히는데 3킬로그램짜리가 잡힌 적도 있다. 민물농어나 메기 중에는 1킬로그램이 넘는 녀석도 있었고 1.8킬로그램짜리 장어가 잡힌 적도 있다.

개구리와 거북이, 민물담치, 진흙거북이 살고 봄과 가을에는 오리와 기러기가 호수를 찾아왔다. 녹색제비는 수면을 스치듯 날고, 도요새는 알을 지키기 위해 다친 척을 했다. 백송나무 위의 물수리가 나를 놀리고 아비가 해마다 찾아온다.

호수의 경치는 어떠했나?

호수는 가장 아름답고 표정이 풍부한 경관이다. 햇볕이 가득한 가을에 언덕 위의 그루터기에 앉아 호수를 바라보면 동그란 파문이 끊임없이 일었다. 그것을 바라보면 마음이 차분하게 가라앉았다. 9월과 10월의 호수는 완벽한 거울이 되고 주변은 빛나는 보석으로 치장되었다. 호수는 늘 젊고 순수함을 간직하고 있다. 하지만 사람들은 월든 호수를 포함한 주변의 다른 호수도 탐욕스럽게 끊임없이 침범하고 더럽힌다.

이 호수들은 너무나 순수해 가치를 측정할 수 없다. 사람의 인생보다 아름답고 사람의 인격보다 투명하다. 그러나 자연을 진실로 이해하려는 사람은 없다. 자연은 모두 조화를 이루며 사는데 사람은 홀로 도시에서 피어난다. 자연을 두고 천국을 말하는 것은 지구를 모욕하는 짓이다.

본문 읽기

훈훈한 밤에 나는 자주 보트에 앉아 피리를 불었다. 그러면 민물농어Perch가 노랫소리에 이끌린 듯 주변을 맴돌았다. 달은 숲의 그림자가 흩뿌려진 호수기슭의 골짜기를 건너갔다.

예전에 종종 나는 친구들과 모험삼아 이 호수에 온 적이 있었다. 깜깜한 여름밤에 물고기를 꾀기 위해 물가에 불을 피워놓고 줄 끝에 벌레를 한 다발 매달아 메기를 잡았다. 늦은 밤, 낚시가 끝나면 불붙은 나뭇가지를 불꽃놀이 하듯 하늘 높이 던졌다. 호수에 떨어질 때면 커다랗게 '칙' 소리를 내며 꺼졌다. 그러면 사방이 순식간에 손으로 더듬어야 할 만큼 완전히 깜깜해졌다. 그래도 친구들과 휘파람을 불며 사람 사는 동네로 다시 나왔다.

하지만 이제는 이 호숫가에 내 집을 장만했다.

이따금, 마을의 어느 집에 머물다가 가족이 모두 자러 가면 숲으로 돌아와 다음 날 식사거리라도 마련할 겸, 한밤중의 달빛 아래에서 보트를 타고 낚시를 하며 시간을 보냈다. 그럴 때면 올빼미와 여우가 세레나데를 불렀다. 어느 때는 아주 가까이서 알 수 없는 새가 끽끽거리는 소리도 들렸다. 잊지 못할 아주 소중한 경험이었다. 연안에서 100미터에서 150미터 떨어진 수심 12미터 되는 곳에 닻을 내리면 수천 마리의 민물농어나 샤이너 Shiner: 잉어과의 피라미를 닮은 물고기에 둘러싸였다. 나는 달빛을 받으며 물고기가 꼬리로 수면을 건드려 잔물결을 일으키는 것을 보거나 신축성이 좋은 긴 낚싯줄로 12미터 물속에 사는 알 수 없는 밤의 물고기와 교감을 나누기도 했다.

때로는 부드러운 밤바람에 이끌리듯 18미터나 낚싯줄을 끌려가기도 했다. 그럴 때면 낚싯줄을 타고 약한 진동을 느꼈는데, 이것은 어떤 물고기가 낚싯줄 끝에서 망설이며 미끼를 물 채비를 하고 있다는 뜻이다. 마침내 줄을 잡아당겨 한손한손 감아올리면 가시가 달린 메기가 꿈틀꿈틀 끽끽대며 물 밖으로 올라왔다. 매우 묘한 기분을 느낄 때도 있었다. 깜깜한 밤에 다른 천체의 거대한 우주진화에 대한 생각의 끈에 매달려 있을 무렵, 낚싯줄을 채는 입질은 몽상에서 벗어나 다시금 자연과 연결되어 있음을 일깨웠다. 마치 낚싯줄 하나는 허공을 향해 위로 던지고, 다른 하나는 하늘의 별만큼은 빽빽하지는 않은 삶의 터전을 향해 아래로 던져 놓는 것 같았다.

§

월든 호수의 풍경은 아주 아름답지만 웅장한 규모는 아니었다. 게다가 호수에 자주 왕래하거나 근처에 사는 사람이 아닌 이상, 그리 관심을 끌만 하지도 않았다. 하지만 이 호수의 깊이와 맑은 색은 각별히 칭송을 해도 좋을 만큼 유별났다.

호수의 물은 깊고 맑고 신선했다. 길이는 800미터, 둘레는 2.8킬로미터, 면적은 249제곱킬로미터였다. 소나무와 참나무 숲 한가운데에 자리 잡고 끊임없이 샘솟으며 빗물에 의한 수량 증가와 햇볕에 의한 증발 외에는 물이 들어오는 곳도 나가는 곳도 보이지 않았다.

호수 주변은 수면에서 12미터에서 24미터 높이의 낮은 산들이 가파르게 서 있었다. 남동쪽과 동쪽의 산은 30미터에서 45미터나 되었다. 그곳은 모두 숲 지역이었다.

§

호수는 하늘과 땅 사이에 놓여있어서 양쪽 모두의 색을 띄었다. 산꼭대기에서 보면 하늘빛이 반사되었다. 그러나 아주 가까이에서 보면 누르스름한 색을 띠다가 호숫가 모래밭에서 보면 밝은 초록색으로 보였는데 점차 일정하게 색이 짙어지다가 호수 중심에서는 어두운 녹색을 띠었다. 빛에 따라 호숫가에서 보았을 때처럼 산꼭대기에서도 밝은 녹색으로 보일 때도 있었다.

§

물이 너무 맑아서 밑바닥이 7.5미터나 9미터 정도 되어도 훤히 보였다. 노를 저어 호수 위를 지날 때면 몇 미터나 되는 수면 아래의 민물농어나 샤이너 떼도 확인할 수 있다. 물고기는 불과 몇 센티미터도 되지 않지만 쉽게 등줄무늬를 구별할 수 있을 정도다. 이런 물에서 먹이활동을 하는 것을 보아 이 물고기들은 금욕생활을 하는 물고기임에 틀림이 없다.

§

어떤 이들은 호수 밑바닥이 없다고 생각한다. 바닥이 진흙인 곳도 없다. 흘깃 살펴본 사람이라면 수초조차도 없다고 말할지도 모르겠다. 최근에 수위가 높아져 물에 잠긴 수초라 할 수 없는 조그만 풀밭을 빼면 눈에 띄는 식물이라곤 없다. 아무리 눈 씻고 찾아봐도 창포Frag나 부들Bulrush, 노랗고 흰 수련(Water)Lily은 보

114

이지 않는다. 다만 조그만 하트 모양의 잎을 가진 풀과 가래풀 Potamogeton, 한두 뿌리의 순채Water-target로 보이는 식물만 있을 뿐이다. 그나마 수영하는 사람도 알아채지 못할 정도다. 이 식물들은 자라는 환경을 닮아 깨끗하고 밝다.

§

긴 주기를 가지고 월든 호수의 수면이 높았다 낮아지는 것은 결국 다음과 같은 작용을 한다. 한 해나 그 이상 가장 높은 수면을 유지하면 호수 주변을 산책하기는 어려워지겠지만, 이전에 수면이 상승했을 때 경계를 따라 자랐던 리기다소나무Pitch pine, 자작나무Birch, 오리나무Alder, 포플러Aspen 등 나무란 나무는 죄다 죽이게 된다. 다시 수면이 낮아지면 훤한 호수기슭이 드러난다. 많은 호수나 매일 조수간만이 있는 물과는 달리 월든 호숫가는 수면이 가장 낮을 때 제일 깨끗했다.

§

호숫물은 이미 준비된 내 우물이었다. 일 년 중 넉 달 동안은 물이 가장 차갑고 늘 깨끗했다. 최고는 아니지만 마을의 어떤 우물보다 낫다고 느꼈다. 겨울철에는 샘물이나 우물물은 그렇지 않지만 호숫물은 공기 중에 노출돼 더 차가웠다. 1846년 3월 6일 오후 5시 정각에서 다음 날 정오까지 곁에 앉아서 잰 방안에 둔 호수물의 온도는 섭씨 5.5도였다. 마을에서 금방 떠온 가장 찬 우물물보다 섭씨 1도 낮은 수준이었다. 온도계가 섭씨 18도에서 21도까지 치솟을 때도 있었지만 잠깐 지붕에 비친 복사열 때문에 그랬을 것이다.

§

월든 강꼬치Pickerel가 잡힌 적이 있었다. 홀로 고기를 잡았던 낚시꾼의 얘기로는 엄청난 속도로 릴을 끌고 갔는데 자기도 물고기를 보질 못했으니 3.6킬로그램 정도였다고 마음 놓고 허풍을 쳤다. 한번은 정말 3킬로그램짜리가 잡힌 적도 있었다.
민물농어나 메기 중에는 1킬로그램이 넘는 것도 있었다. 샤이너와 치빈Chivin, 로취Roach, 잉어과 물고기와 브리임Bream, 잉어과 물고기이 몇몇 잡히고 두 마리의 장어도 잡혔는데 한 마리의 무게가 1.8킬로그램이나 되었다. 내가 이렇게 각별히 적는 이유는 물고기에게는 그 무게가 유일한 자랑거리이고 월든 호수에서 잡혔다고 들은 유일한 장어였기 때문이다.
그 외에 기억이 흐릿하지만 12센티미터 정도의 은빛 옆구리와 초록색 등을 가진 황어 비슷한 물고기도 있었다. 내가 관찰한

116

사실이 헛소리로 변질될까봐 특별히 적어놓는다.

§

호수에는 순종 개구리와 거북이가 살고 있었다. 많지는 않지만
민물 담치도 있었다. 사향뒤쥐와 밍크가 호숫가에 자취를 남기
거나 이따금 떠돌아다니는 진흙거북Mud turtle이 찾아올 때도 있었
다. 간혹, 아침에 보트를 밀 때면 밤새 보트 밑에 숨어있던 커다
란 진흙거북 때문에 놀란 적도 있다.

봄과 가을이면 오리와 기러기가 찾아오고 녹색 제비White-bellied
Swallow가 수면 위를 스치듯 날았다. 물총새가 그늘진 곳에서 곤두
박질을 치고 도요새는 여름 내내 호숫가 자갈밭에서 비틀비틀
'의태행동알을 지키려고 일부러 다친 척하는 몸짓'을 했다. 호수 위의 백
송나무에 앉은 물수리 때문에 놀란 적도 가끔 있다.

월든 호수가 페어 헤이븐처럼 갈매기 군단에 침범당한 적이 한
번이라도 있는지는 모르겠다. 하지만 아무리 많아봐야 한철 아
비 떼를 품어주는 정도다. 이상이 현재 월든 호수에 자주 출몰
하는 주요 동물들이다.

호수는 가장 아름답고 표정이 풍부한 경관이다. 호수는 대지의 눈이다. 호수를 들여다보는 사람은 자기 본성의 깊이를 가늠할 수 있다. 호숫가에 자라는 나무는 호수에 드리운 가녀린 속눈썹이고 호수를 두른 나무가 무성한 언덕과 절벽은 그 위에 난 눈썹이다.

§

9월이나 10월의 어느 날이면 월든은 숲을 비추는 완벽한 거울이 되고 주변은 아주 진귀하고 값나가는 보석으로 치장된다. 이처럼 호수만큼 맑고 순수하고 큰 것은 없다. 어쩌다 지구의 대지에 놓인 천상의 물이다.

호수는 울타리가 필요 없다. 수많은 사람이 오고갔지만 호수를 더럽히지는 못했다. 호수는 돌로 깰 수 없는 거울이다. 수은은 닳아 없어지지 않을 것이고 금박은 영원히 자연이 빛내줄 것이다. 폭풍도, 먼지도 그 선명한 표면을 절대 더럽힐 수 없다. 거울 속 모든 잡티는 그 속에 가라앉을 것이며 태양이 눈부신 솔과 걸레로 먼지를 닦아낼 것이다. 어떤 숨결이 닿아도 자국을 남기지 않으며 오직 자신의 숨결을 내뿜어 구름처럼 높이 띄운 다음 자기 젖가슴을 고요히 비춰볼 뿐이다.

내가 처음으로 월든 호수에 노를 저었을 때, 이곳은 온통 굵고 키 큰 소나무와 참나무 숲으로 둘러싸여 있었다. 몇몇 후미진 호수의 골짜기에는 호수 쪽으로 뻗은 나뭇가지에 포도넝쿨이 타고 자라 아래로 드리워져 있어서 그 밑을 배를 타고 지나갔다. 물 가에 서 있는 산은 매우 가파르고 그 위에 나무가 높이 치솟아 있었다. 서쪽 끝에서 바라보면 숲속 경관을 관람할 수 있는 원형극장처럼 보였다.

더 젊었을 때에는 호수에서 오래도록 머물곤 했다. 여름 오전에 호수 가운데에 배 띄워놓고 뱃전에 누워 미풍에 떠다니다가 배가 호숫가 모래밭에 부딪쳐 꿈에서 깨어나면 어떤 운명이 나를 호숫가로 이끌었는지 살폈다. 이런 게으른 나날들이야말로 가장 매력적이고 생산적인 작업이었다. 그토록 많은 오전시간에 몰래 빠져나와 하루의 가장 빛나는 시간을 보내며 즐겼다. 수중에 돈은 없었지만 나는 부자였다. 햇살이 빛나는 여름날을 아낌없이 써댔고 그 시간을 일터나 교단에서 보내지 않았다고 해서 안타깝게 생각하지 않았기 때문이었다.

§

내게 진정한 부를 즐길 수 있는 가난을 내려주기를. 농부의 가난에 비례하여 내 존경심과 관심이 커진다. 모범농장이라니! 오

물더미 속에 핀 버섯 같은 집에 깨끗하든 말든 말과 소, 돼지와 사람의 방이 서로 뒤엉켜 있지 않는가! 사람조차 사육되는 곳! 커다란 기름얼룩에다 거름과 버터우유의 악취! 사람의 심장과 두뇌마저 거름이 되어버린 그 잘난 사육장! 공동묘지에서 감자를 기르는 것과 무엇이 다른가! 이것이 모범농장이다.

§

그러함에도 내가 알고 있는 월든의 가장 뛰어난 특성은 순수함일 것이다. 많은 사람이 월든에 비유되어 왔지만 그 명예를 차지할 만한 사람은 거의 없었다. 비록 벌목꾼들이 잇달아 들어와 호숫가를 발가벗겨 놓고, 아일랜드 사람들이 호수 근처에 돼지우리 같은 집을 지었고, 철길이 경계를 침범했고, 얼음장수들이 얼음을 떼어 갔어도 호수는 변함이 없었다. 젊은 시절 굽어보던 그 물 그대로였다. 변한 것은 나였다. 그토록 수많은 파문이 지나갔음에도 호수는 깊은 주름 하나 생기지 않았다.

§

자연에게 감사하는 마음을 품은 사람이 없다. 새는 깃털과 목소리로 꽃과 조화를 이룬다. 그러나 자연의 풍요로운 야생의 아름

120

다움과 조화를 이루려는 소년과 소녀는 어디 있는가? 자연은 젊은이들이 사는 마을에서 멀리 떨어져 홀로 피어난다. 그대들, 지구를 모욕하면서 천국을 논하다니!

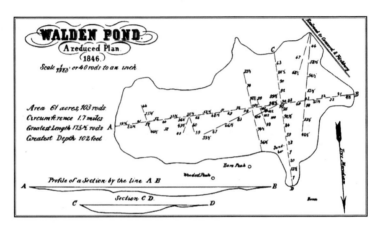

■ 1846년 겨울에 소로가 측량한 호수의 형태와 수심.
'겨울의 호수' 장의 본문에 호수 측정의 경험이 등장한다.

Baker Farm
베이커 농장

천둥이 치면 울리도록 둬라. 농사를 망쳐놓을 듯 으르렁거린들 어
떤가? 그대와는 아무 상관없는 일이다.

사람들이 수레와 헛간으로 피할 때, 그대는 구름을 피난처로 삼아라.

삶을 그대의 밥벌이로 만들지 마라. 그대의 놀이가 되게 하라.

대지를 즐겨라. 하지만 소유하지는 마라.

도전과 신념을 갈망하지 않기에 사람이 그대로인 것이다. 사고 팔
리면서 노예처럼 사는 것이다.

요약글 읽기

존 필드는 왜 가난하게 사나?

어느 날 오후, 페어 헤이븐의 베이커 농장 지역에 낚시를 하러 갔다. 마침 비가 오는 바람에 나는 가장 가까이에 오래도록 사람이 살지 않은 오두막으로 피했다. 그러나 거기에는 존 필드라는 사람이 그의 가족과 함께 살고 있었다. 존 필드는 정직하고 성실한 사람이었으나 무능한 사람이었다. 그는 어떤 농부와 늪을 개간하는 대가로 4제곱킬로미터 당 10달러씩 받기로 했으며 1년 동안 밭을 경작할 수 있는 권리를 얻을 수 있다고 말했다. 그러나 그것은 불리한 계약임에 틀림없었다.

나는 존 필드에게 내 경험을 들려줌으로써 그를 돕고 싶었다. 세를 내고 낡은 집에 사느니 그 돈으로 집을 지을 수 있고 비싼 작업복을 사서 고되게 일하려 하지 않는다면 그만큼 비용도 줄고 음식 값도 덜 든다고 얘기해주었다. 또한 물고기를 잡거나 며칠의 노동으로도 충분히 생계를 유지할 돈을 마련할 수 있음을 설명했다. 하지만 그는 내 말을 이해하거나 실천할만한 능력이 없었다. 인생을 맹목적으로 대하고 낡은 삶의 방식을 대물림하다보니 늪과 같은 삶에서 벗어나지 못하는 것이다.

우리는 삶을 어떻게 대해야 하나?

사람들은 저녁이면 집으로 돌아온다. 하지만 그가 길을 떠나는 곳은 집과 아주 가까운 곳일 뿐이다. 뱉은 숨을 다시 마시기에 인생이 시드는 것이다.

낚시를 가고 사냥을 떠나라. 두려움 없이 모험을 떠나라. 자연을 가까이 하며 야생에서 자라라. 천둥이 울린다고 인생이 망가지는 것은 아니다. 자유롭고 소박하게 대지와 삶을 즐겨라. 도전과 신념이 없기에 노예처럼 사는 것이다.

본문 읽기

거기에는 존 필드라는 사람이 그의 아내와 살고 있었다. 아이도 몇몇 보였는데 얼굴이 너부데데한 아이가 습지에서 아버지의 일을 거들다가 비를 피해 주름진 부모를 향해 달려오고 있었다. 정수리가 뾰족한 무당 같이 생긴 아기는 눅눅하고 허기 가득한 집에서 궁궐에 사는 귀족처럼 아버지의 무릎에 앉아 아기의 특권을 누리며 이방인에게 호기심을 보이고 있었다. 이 호기심이야말로 존 필드의 가난하고 굶주린 개구쟁이의 것이 아니라 마지막 남은 귀족혈통의 것이자, 세상의 희망과 목표였음을 모르고 있었다.

우리 모두는 비와 천둥이 그칠 때까지 비가 제일 덜 새는 지붕 아래에 모여 앉아있었다. 그 자리는 이 가족을 미국으로 싣고 온 배가 만들어지기 전부터 내가 종종 앉았던 자리였다.

존 필드는 정직하고 성실하지만 솔직히 무능한 사람이었다. 그리고 그의 아내 역시 둥글고 기름진 얼굴에 가슴을 드러낸 채, 높다란 화덕이 놓인 구석 주방에서 쉴 새 없이 이어지는 식사를 맹렬히 만들어냈다. 언젠가는 살림살이가 더 좋아지리라 생각하며 늘 한 손에 걸레를 쥐고 있었지만 그 효과가 보이는 곳은 어디에도 없었다.

비를 피해 실내로 들어왔을 때부터 있었던 닭들은 마치 가족의 일부분처럼 방안을 어슬렁거리고 있었다. 내 생각에는 구워먹기에는 지나치게 인간화되어 있었다. 닭들은 멈춰 서서 내 눈을 노려보거나 의미심장하게 내 신발을 쪼아댔다.

§

그렇게 집주인은 내게 그간의 사정을 들려주었다. 그는 이웃농부에게 늪을 삽과 괭이로 개간하여 목초지로 바꾸어주면 4제곱킬로미터 당 10달러씩이나 받을 수 있고, 1년 동안 거름을 써서 경작할 수 있으므로 '늪 개간'을 하고 있다는 것이다. 그래서 얼굴이 너부데데한 어린 아들이 아버지의 곁에서 그간 즐겁게 일을 했다는 것이다. 그러나 그 계약이 얼마나 불리한지는 모르고 있었다.

나는 그가 제일 가까운 내 이웃이라고 말하며 내 경험을 바탕으로 그를 도우려고 애썼다. 이런 곳에 낚시나 오는 게으름뱅이로 보이겠지만 사실 나도 그와 마찬가지로 살려고 애쓰는 사람이라고 했다.

그리고 나는 이렇게 낡은 집을 매년 임대비로 날리는 돈보다 적은 돈으로 비좁지만 훤하고 깨끗한 집에서 살고 있다고 말했다. 또한 그가 마음만 먹는다면 한두 달 내에 자기 소유의 궁전 같은 집을 만들어 소유할 수도 있다고 했다.

나는 차와 커피뿐만 아니라 버터나 우유, 신선한 고기를 먹지 않기 때문에 이런 음식을 얻기 위해 힘들게 일하지 않아도 되고, 힘든 일을 하지 않으니 음식이 많이 필요하지도 않고 음식을 구입하는 비용도 적다고 했다. 하지만 차와 커피, 버터와 우유와 고기를 먹기 시작하면 열심히 일을 해야 하고, 일을 하면 다시 열심히 먹으며 바닥 난 체력을 보충해야 하니 결국 마찬가지일 테지만, 실제로는 매매계약에 묶여 늘 불만족스럽게 삶을 허비해야 하니 더 손해라고 했다. 그럼에도 불구하고 그는 날마다 차와 커피와 고기를 얻을 수 있으니 미국에 온 것이 외려 이득이라고 평가하고 있었다.

나는 참다운 미국은 이런 일이 없이 원하는 일이라면 이루어지는 삶의 방식을 추구할 수 있는 자유가 존재하는 곳이어야 하며, 국가가 노예제도와 전쟁을 강제하지 않고 그와 관련된 비용을 직·간접적으로 징수하지 않는 국가여야 한다고 말했다.

§

나는 그에게 말했다. 그렇게 열심히 늪 개간을 하려면 두꺼운
장화와 질긴 옷을 장만하지만 이 또한 곧 더러워지고 닳아 없어
질 거라고. 하지만 나는 그 값의 반도 안 되는 값으로 당신이 생
각하기에 신사처럼 보이는(사실 그렇지도 않지만) 가벼운 신과
얇은 옷을 입고 있다고 말했다. 그리고 한두 시간은 일을 하지
않고 여가를 즐기듯 내가 하고 싶은 일을 한다고도 했다. 나는
이틀이면 물고기를 잡고 싶은 만큼 잡을 수도 있고 일주일 동안
지낼 수 있는 충분한 돈을 번다고 말했다. 만약 그의 가족이 간
소하게 산다면 가족 모두 여름에 소풍 삼아 허클베리를 따러 갈
수 있다고 했다.

존은 내 이야기를 듣고 깊은 한숨을 내 쉬었고 그의 아내는 양
손을 허리에 얹고 바라봤다. 부부는 그렇게 산다면 돈은 충분한
지, 그렇게 살 능력은 되는지 따져보는 것 같았다.

그들에게 이 방법은 눈먼 뱃사공의 노 젓기와 같아 보였다. 어
떻게 항구를 찾아야 할지 알지 못했다. 그래서 나는 이들이 아
직도 닥치는 대로 이빨과 발톱을 드러내고 시대에 뒤처진 용감
한 삶의 방식을 살고 있다는 걸 짐작할 수 있었다.

삶의 거대한 기둥에 잘 박히는 쐐기를 꽂아 쪼개서 그 속을 낱낱이 파헤칠만한 삶의 기술이 없었다. 삶을 엉겅퀴 다루듯 거칠게만 다루려고 궁리했다. 이들은 압도적으로 불리한 싸움을 하고 있다.

존 필드 씨, 아! 계산 없이 사니까 실패하는 거라오.

§

비가 갠 후 아일랜드인 집의 처마를 떠나며 강꼬치를 서둘러 잡기 위해 다시 호수 쪽으로 발걸음을 옮겼다. 외진 숲을 지나 쓸쓸하고 거친 진창길과 물웅덩이를 건너며 잠시 대학까지 나온 내가 하찮게 느껴졌다.

그러나 무지개를 등지고 붉게 물드는 서쪽을 향해 언덕을 달려 내려갈 때, 어디인지는 모르겠지만 상쾌한 공기를 뚫고 희미한 방울소리가 들리는 듯했다. 내 천사가 이렇게 속삭였다.

날마다 낚시와 사냥을 하러 먼 곳으로, 광활한 곳으로 가라. 더 멀리, 더 광활하게.

아무 걱정 말고 시냇물과 모닥불 곁에 그대의 몸을 뉘어라.

그대의 젊은 날을 만든 조물주를 기억해라.

새벽이 밝기 전 근심에서 자유롭게 깨어나 모험을
떠나라.

한낮에는 또 다른 호수에 머물고 밤중에는 그곳이
어디든 그대의 집으로 삼아라. 이보다 더 넓은 들
판은 없고, 이보다 더 값진 놀이도 없다.

그대의 천성을 좇아 잉글리시 베이캐나다 밴쿠버의 관
광명소에서는 절대 자라지 않는 사초Sedge와 고사리
Brake처럼 거칠게 자라라.

천둥이 치면 울리도록 둬라. 농사를 망쳐놓을 듯
으르렁거린들 어떤가? 그대와는 아무 상관없는
일이다.

사람들이 수레와 헛간으로 피할 때 그대는 구름을
피난처로 삼아라.

삶을 그대의 밥벌이로 만들지 마라. 그대의 놀이

가 되게 하라.

대지를 즐겨라. 하지만 소유하지는 마라.

도전과 신념을 갈망하지 않기에 사람이 그대로인
것이다. 사고 팔리면서 노예처럼 사는 것이다.

Higher Laws
더 높은 법칙들

성실에서 지혜와 순결이 나온다. 게으름에서 무지와 욕정이 생긴다. 학생의 성욕은 정신의 게으름에서 비롯된다. 지저분한 사람들은 보편적으로 게으르다. 난롯가에 앉아 있는 사람이고, 해가 중천인데 누워있는 사람이며, 피곤하지도 않은데 쉬는 사람이다. 지저분함과 모든 죄악을 피하고 싶다면 깨끗이 정리되어 있더라도 열심히 쓸고 닦아라. 본능은 이겨내기 어렵다. 그러나 극복해야할 대상이다.

요약글 읽기

우리는 어떤 법칙에 의해 살고 있나?

내 안에는 높은 정신적 삶을 원하는 본능과 야만적인 삶을 원하는 본능이 동시에 존재한다. 나는 이 두 가지 본능을 모두 존중한다. 어릴 때부터 자연과 친해지게 된 계기는 낚시와 사냥 때문이었다. 낚시꾼과 사냥꾼은 처음 원시적인 수렵을 위해 자연에 다가가지만, 결국에는 자연의 일부가 되어 조화로운 삶의 자세를 배운다.

나는 사냥을 그만 두었고 낚시질도 거의 하지 않는다. 물고기를 잡는 것도 찜찜하거니와, 육식을 하는 것도 마뜩치 않기 때문이다. 육식을 제외한 소박하고 깨끗한 식사는 정신능력과 상상력을 향상시킨다. 아마도 인류가 발전할수록 육식의 습관은 사라질 것이다. 음료도 마찬가지다. 아편쟁이처럼 술과 커피와 차에 취하는 일은 천박한 짓이다. 사소한 도취로 인해 그리스와 로마문명조차 멸망하고 마는 것이다.

사람을 천하게 만드는 것은 먹는 음식 때문이 아니라 음식을 탐하는 식욕 때문이다. 우리를 홀리는 모든 유혹이 다양한 모습을 하고 있지만 사실은 한가지의 욕망이다. 욕망은 우리가 게으른 틈을 타 우리의 마음을 점령하고 비천한 삶에서 벗어나지 못하게 만든다.

우리는 어떤 법칙으로 살아야 하는가?

우리의 삶은 선량함과 악함 사이의 끝없는 투쟁으로 이루어져 있다. 이 선량함은 사람 사는 세상에만 적용되는 것은 아니다. 자연과 생명에 대한 끝없는 연민을 가지고 선량함에 투자를 하는 것이야말로 실패하지 않는 투자다.

비록 우리 안에 영원히 지울 수 없는 동물적 본성이 남아 있더라도 정결함을 유지하도록 노력해야 한다. 정결함은 인간의 꽃이다. 신과 소통할 수 있는 길이다. 금욕을 실천하는 삶은 비록 육체를 허약하게 만들지 몰라도 순결과 지혜를 겸비한 더 높은 삶의 법칙에 부합하는 삶을 줄 것이다. 우리의 인생은 더 밝고 기쁠 것이며, 그것이 곧 우리가 성공하는 길이다. 이를 위해 우리는 성실히 노력해야 한다. 천성은 극복하기 힘들지만 극복되어야만 하는 것이다.

본문 읽기

물고기를 줄에 꿰어 낚싯대를 끌며 숲을 지나 집으로 오고 있을 때 많이 어두워지고 있었다. 우드척 한 마리가 내 앞을 가로질러 지나는 걸 흘깃 보는 순간, 야만적 기쁨의 묘한 전율을 느꼈다. 녀석을 잡아 날것으로 먹어치우고 싶은 충동이 강하게 들었다. 배가 고팠던 것이 아니라 녀석에게서 풍기는 야생성 때문이었다.

나는 이 호수에 살면서 한두 차례 반쯤 굶주린 사냥개처럼 게걸스럽게 먹어치울 수 있는 짐승의 살점을 찾아 정신 줄을 놓고 숲을 헤매고 다닌 적이 있다. 설명할 수 없지만 가장 야성적인 모습이 익숙하게 느껴졌다.

나는 다른 많은 사람들이 그렇듯 스스로 본능을 극복하는 더 높은 영적인 삶을 찾아 왔고, 여전히 찾고 있다. 그리고 다른 한편으로 원시적인 수준의 야만적인 삶을 찾고 있다. 나는 이 두 삶을 모두 숭배한다. 나는 선함을 사랑하는 만큼이나 야생을 사랑한다.

§

어부, 사냥꾼, 벌목공과 같은 사람들은 들판과 숲에서 지내며 살기 때문에 어떤 점에서는 자연의 일부라 볼 수 있는데, 이들은 일을 하는 동안에 막연한 상상으로 접근하는 철학자나 시인보다 더 유리한 조건으로 자연을 관찰할 수 있다. 자연은 이들에게 발가벗겨지는 걸 두려워하지 않는다.

대초원의 여행자는 자연스레 사냥꾼이 되고 미주리와 컬럼비아 강 상류의 여행자는 덫을 놓으며, 세인트 매리 폭포에 사는 사람은 어부가 된다. 그저 여행자에 지나지 않는 사람은 사물에 대한 지식이 풍문으로 들은 것이거나 반쪽짜리 지식이라 변변찮은 대접을 받는다.

가장 관심을 끄는 것은 그 사람들이 실생활에서나 본능적으로 알고 있던 것에 대한 과학적 보고가 있을 때이다. 그것만이 진정한 인문과학이자, 인간경험의 보고서이기 때문이다.

이렇게 청소년들은 숲에 동화되어 가다가 결국 숲의 가장 핵심적인 일부가 된다. 처음에는 사냥꾼과 낚시꾼의 신분으로 숲에 가다가 더 나은 삶의 씨앗을 지닌 사람이라면 시인이나 철학자와 같은 올바른 목표를 가지고 총과 낚싯대를 내려놓게 된다.

이런 관점에서 보면 대다수의 사람들은 청소년기에 지금껏 머물러 있고, 앞으로도 그럴 것이다. 일부 국가에서는 사냥하는 사람이 흔하다. 이들 중 일부는 훌륭한 양치기의 개와 같다. 하지만 훌륭한 목자와는 거리가 멀다. 나는 마을 사람들이 어른과 아이 할 것 없이 반나절 동안 매달리는 일이라고는 나무하기와 얼음 자르기를 빼면 낚시밖에 없다는 사실을 알고는 놀라지 않을 수 없었다. 대개 그들은 호수를 온종일 바라보며 기분 좋은 시간을 보낼 기회를 가졌음에도 긴 줄에 물고기를 꿰어달지 못하면 운이 좋지 않다고 생각했다. 그들은 낚시질의 미련이 완전히 바닥으로 가라앉아 거기에 가는 목적이 순수해지려면 수천 번은 더 다녀야할지도 모르겠다. 그러함에도 이런 정화과정은 계속 이루어질 것임에 틀림없다.

§

최근 수년간 낚시를 할 때마다 자존감이 조금씩 줄어드는 걸 느꼈다. 나는 수없이 낚시를 했다. 낚시기술도 많이 알고 다른 낚시꾼들처럼 일종의 낚시 본능이 있어서 이따금 그 본능이 되살아난다. 하지만 항상 낚시가 끝나면 낚시를 왜 했을까 후회를 했다. 나는 그것이 잘못된 행동이라고 생각하지는 않는다. 아침의 첫 여명이 그러하듯 이것은 희미한 계시다. 의심의 여지없이 내 안에는 하등동물의 욕망에 해당하는 본능이 있다. 그러함에도 자애로움이나 지혜가 늘어난 것도 아닌데 매년 낚시를 적게 하다가 지금은 낚시를 전혀 하지 않는다. 하지만 내가 야생의 생활을 하게 된다면 솔직히 말해서 다시 낚시와 사냥을 할 것이란 걸 안다.

§

인간이 육식동물이란 것은 비난받을 일은 아닌가? 크게 보면 인간은 당연히 다른 동물을 잡아먹으며 살아야 하고, 그렇게 살 수도 있는 것이다. 하지만 올가미로 토끼를 잡거나 양을 도살하려는 사람은 이것이 잔인한 방식이란 걸 곧 알게 될 것이다. 그리고 죄책감 없이 영양가 높은 식사 방법을 가르쳐주는 은혜로운 사람이 있다면 감사의 인사를 하게 될 것이다. 내 식성이야 어쨌든, 미개부족이 문명화될수록 식인습관을 버렸듯 육식의 습관은 점점 줄어들어 인류의 아주 작은 습성의 일부가 될 것임에 틀림없다.

사람이 아주 희미하지만 끊임없이 진실이라 여기는 내면의 이야기에 귀를 기울이게 되면 극단이나 광기가 무엇이고, 그것에 이끌려가는 것은 아닌지도 구분하지 못할 수도 있다. 하지만 신념이 더욱 굳어지면 그 길이 자신의 길임을 알게 된다. 미약하지만 건전한 정신을 가진 개인의 확실한 이의제기는 결국 인류의 관습에 대한 논쟁을 극복할 것이다. 자신의 내면을 따르는 사람은 늘 길을 잃지 않는다. 그 결과, 비록 몸이 쇠약해지고 아무도 위로하지 않더라도 그 삶은 더 높은 원리에 걸맞은 것이다. 밤낮없이 그러한 삶을 기꺼이 즐기고 꽃과 달콤한 허브처럼 향기를 내는 삶을 살며 온화한 성격으로 더욱 빛나고 영원히 지속할 수 있다면 그대의 삶은 성공이다.

§

지금까지 나로서는 까다롭게 군 적이 없다. 필요하다면 나는 튀긴 쥐를 아주 맛나게 먹을 수도 있다. 나는 아편쟁이의 하늘보다 자연의 하늘을 더 좋아한다. 같은 이유로 기꺼이 오래도록 술 대신 물을 마셨다. 나는 늘 맑은 정신으로 깨어있고 싶다. 맑은 정신에 무한히 취할 수 있기 때문이다.

나는 물이야말로 지혜로운 사람의 유일한 술이라 믿는다. 술은 귀족적인 음료가 아니다. 한 잔의 따뜻한 커피로 아침의 희망을 일깨우고 한 컵의 차로 저녁의 희망을 일깨우다니! 이 따위 것에 유혹을 느끼며 나는 얼마나 나락으로 떨어지고 있는가!

음악조차도 취하게 만든다. 사소하지만 음악의 도취가 그리스와 로마의 멸망에 영향을 미친 것으로 드러났고 영국과 미국도 이로 인해 멸망할 것이다. 많은 도취가 있지만 자신이 숨 쉬는 공기에 도취되는 것을 싫어하는 사람이 있을까? 내가 지루하고 조잡한 노동을 무엇보다 진지하게 반대하는 것은, 이 노동이 사람에게 조잡한 음식과 술을 먹고 마시도록 만들기 때문이다.

§

우리는 우리 안에 동물이 살고 있다는 것을 알고 있다. 이 동물적 본성은 높은 본성이 잠을 자는 만큼 깨어난다. 생명과 건강에 영향을 미치며 우리 몸에 붙어사는 기생충처럼 완전히 없애버릴 수는 없는 탐욕스럽고 관능적인 본성이다. 아마 따돌릴 수는 있어도 이 본성을 바꾸지는 못할 것이다. 나는 이 본성이 스스로의 활력으로 건강히 살아남을까봐 두렵다. 그러면 우리 몸은 건강해질 테지만 순수해지지는 않을 것이다.

다양한 형태를 띠지만 모든 성욕은 하나이듯 순결도 하나다. 사람이 무엇을 먹고 마시며 동거하고 성생활을 하든 모두 같은 것이다. 하나의 욕망에 지나지 않는다. 이 욕망에 관련된 하나의 행동을 보면 그 사람이 얼마나 감각적으로 사는지 알 수가 있다. 우리는 이를 알 필요가 있다. 순결하지 않은 사람은 순결하게 서거나 앉지 않는다. 파충류는 한쪽 굴 입구에서 공격을 받으면 다른 구멍으로 나온다.

고결해지고 싶다면 절제해야 한다. 무엇이 고결인가? 사람이 고결한지 어떻게 알 수 있는가? 알 수 없을지도 모른다. 많이 들어봤지만 이것이 무엇인지 알지 못한다. 얻어들은 지식으로 편하게 말한다.

성실에서 지혜와 순결이 나온다. 게으름에서 무지와 욕정이 생긴다. 학생의 성욕은 정신의 게으름에서 비롯된다. 지저분한 사람들은 보편적으로 게으르다. 난롯가에 앉아 있는 사람이고, 해가 중천인데 누워있는 사람이며, 피곤하지도 않은데 쉬는 사람이다. 지저분함과 모든 죄악을 피하고 싶다면 깨끗이 정리되어 있더라도 열심히 쓸고 닦아라. 본능은 이겨내기 어렵다. 그러나 극복해야할 대상이다.

Brute Neighbors
이웃 동물들

이렇게 많은 동물들이 은밀하게 숲에서 길들여지지 않은 채 자유롭게 산다는 것이 놀랍기만 했다. 사람이 사는 마을에 이웃으로 지내지만 오직 사냥꾼에게만 정체를 드러내며 여전히 삶을 지속하고 있다. 수달은 이곳에서 어떻게 이리도 조용히 삶을 이어갈 수 있을까! 녀석은 작은 아이만큼이나 큰 크기인 1미터 20센티미터까지 자랄 수 있다. 아마도 녀석의 그림자라도 본 사람이 없을 것이다.

전에 집 뒤편에서 너구리도 본적이 있었다. 아직도 밤이면 녀석들의 울음소리를 들을 수 있을 것이다.

요약글 읽기

주변에는 어떤 동물들이 살고 있나?

내 집에 출몰하는 쥐는 흔히 볼 수 없는 토착종이었다. 녀석은 집 밑에 둥지를 틀고 내가 식사를 할 때면 나타나 발 주변에 떨어진 음식부스러기를 주워 먹었다. 나중에는 꽤 친해져서 녀석이 옷자락을 타고 올라와 손에 든 음식까지 노렸다.

자고새는 암탉이 병아리를 데리고 다니듯 집 주변을 돌아다녔다. 위험을 느끼면 어미의 신호에 따라 순식간에 흩어지곤 했다. 새끼들은 깃의 색깔이 낙엽과 같아서 가까이 다가가도 전혀 찾을 수 없을 정도였다. 사람이 가까이에 있으면 어미가 이상한 울음이나 날개를 끌며 주의를 끌어 새끼를 보호하려 했다. 샘가의 도요새도 새끼를 지키기 위해 같은 행동을 했다. 커다란 수달과 너구리도 눈에 띄었다.

개미 두 종족이 벌이는 전투를 목격했다. 붉은 개미와 더 큰 검은 개미의 싸움이었다. 이 녀석들은 서로의 다리와 더듬이를 물고 죽을 때까지 떨어지지 않을 작정인 듯 보였다. 자세히 살펴보니 나무더미 전체를 덮고 전투가 벌어지고 있었다. 싸움의 결과를 알고 싶어 세 마리가 싸우고 있는 나무토막을 창문턱에 올려놓고 유리잔으로 씌워놓았다. 싸움은 상대방이 죽을 때까지 격렬하게 이어졌다. 결국 검은 개미가 붉은 개미 두 마리를 해치우고 불구가 된 채 창문너머로 사라졌다.

호숫가에서 고양이를 만났다. 마을에서 그렇게 멀리 떨어진 곳에 고양이가 나타났다는 것이 놀라웠다. 내가 놀란 만큼 고양이도 놀랐다. 하지만 고양이는 마치 예전부터 숲이 제집이듯 자연스럽게 행동했다.

가을이면 아비들이 호수를 찾았다. 아비가 나타나면 동네 사냥꾼들이 모여들었다. 아비는 미친 듯이 웃는 듯한 울음소리를 내는 교활한 새였다. 자세히 살피려고 배를 타고 뒤쫓으면 물속으로 잠수했다가 멀찍이 떨어진 곳에서 다시 나타났다. 그리고는 나를 비웃듯 큰 소리로 웃어댔다. 아비는 물 위에서나 물 밑에서나 자기가 가야할 방향을 잘 알고 있었다. 물 밖으로 나왔을 때 침착하게 호수와 육지를 살핀 다음, 배와의 거리를 재빠르게 계산하고는 잠수해서 가장 넓은 수면으로 이동하는 것 같았다. 나를 아주 멋지게 따돌리거나 멀리 잠수를 한 후에는 늑대처럼 길게 울부짖는 소리를 냈다.

본문 읽기

내 집에 종종 출몰하는 쥐들은 이미 알려진 평범한 종이 아니었
다. 마을에서는 볼 수가 없는 야생 토착종이었다. 한 마리를 저
명한 박물학자에게 보냈더니 그 녀석에게 큰 관심을 보였다. 집
을 지을 적에 한 마리가 집 밑에 둥지를 틀고 있었다.

대팻밥을 쓸고 마루를 놓기 전이었는데, 녀석은 점심때쯤 규칙
적으로 나타나 발밑에 떨어진 빵부스러기를 주워 먹었다. 전에
사람을 본 적이 없었는지 이내 친해져서 신발 위를 타넘고 옷
위로 기어 올라왔다.

곧바로 딱새가 헛간에 집을 지었고 집을 기대 자라는 소나무에는 울새가 피난처를 만들었다.

6월에는 수줍은 자고새 암컷이 새끼들을 이끌고 뒤편 숲에서 나와 창가를 지나 집 앞으로 갔다. 녀석은 마치 암탉처럼 울었는데 하는 짓 모두가 숲속에 사는 암탉이나 다름없었다. 새끼들은 사람이 다가가면 어미의 신호에 따라 회오리바람에 휩쓸리듯 흩어졌다. 이 녀석들은 낙엽이나 나뭇가지와 너무 닮았다. 사람이 녀석들 한 가운데에 서 있으면 어미가 날아오를 듯 날갯짓 소리를 낸 후에 걱정스러운 울음소리를 내거나 두려움도 없이 사람의 주의를 끌기 위해 날개를 끌기도 한다. 어미는 가끔 사람을 홀리기 위해 사람 눈앞에서 땅바닥을 구르거나 빙빙 돌기도 하는데 그러면 한순간 그게 무슨 생물인지 식별할 수가 없다. 그 동안 새끼들은 납작 엎드려 낙엽 밑에 머리를 처박은 채, 멀찍이서 들려올 어미의 지시만 기다린다. 사람이 다가가서 도망치는 바람에 형제를 배반하는 일은 없다. 심지어 사람이 녀석들을 밟거나 잠깐 동안 바라보더라도 발견할 수가 없다.

언젠가, 손바닥 위에 새끼들을 붙들어 한동안 올려놓은 적이 있었다. 녀석들은 어미의 신호와 본능에 따라 조심스레 기다리며 두려워 떨지도 않고 웅크리고만 있었다. 이렇게 본능은 철저하다. 한번은 녀석들을 다시 낙엽 위에 놓아주었을 때 우연히 한쪽으로 눕혀졌는데, 그 후로도 10여 분이나 똑같은 자세로 넘어져있었다. 대개 다른 새들의 새끼처럼 녀석들은 깃털은 나지 않았지만 닭보다는 더 발육이 좋고 조숙했다.

다 큰 후에도 녀석들의 크고 맑은 눈에 비치는 순수함은 매우 인상적이다. 모든 영특함이 그 눈에 담겨있다. 유아기의 순수함 뿐만 아니라 경험을 통해 정화된 지혜를 떠올린다. 이런 눈빛은 새의 혈통에서 태어나는 것이 아니라 그 눈이 하늘에 비추는 순간 태어난다. 이런 보석은 이 숲에 다시없다. 여행자는 이토록 맑은 샘물을 자주 보지는 못할 것이다. 무식하고 분별없는 사냥꾼이 어미를 쏘아 잡기라도 하면, 이 순진한 것들은 먹이를 찾는 짐승과 새의 먹이로 전락하거나 점점 썩은 낙엽과 뒤섞여 대지의 일부가 될 것이다. 사람들이 말하길, 암탉이 이 녀석들을 부화를 하면 경계신호를 듣고 곧장 흩어져 돌아오지 않는다고 한다. 어미가 다시 불러 모으는 소리를 내지 않기 때문이다. 이 녀석들이 내 암탉과 병아리다.

§

이렇게 많은 동물들이 은밀하게 숲에서 길들여지지 않은 채, 자유롭게 산다는 것이 놀랍기만 했다. 사람이 사는 마을에 이웃으로 지내지만 오직 사냥꾼에게만 정체를 드러내며 여전히 삶을 지속하고 있다.

수달은 이곳에서 어떻게 이리도 조용히 삶을 이어갈 수 있을까! 녀석은 작은 아이만큼이나 큰 크기인 1미터 20센티미터까지 자랄 수 있다. 아마도 녀석의 그림자라도 본 사람이 없을 것이다. 전에 집 뒤편에서 너구리도 본적이 있었다. 아직도 밤이면 녀석들의 울음소리를 들을 수 있을 것이다.

§

거기에 도요새가 진흙 속의 벌레를 찾기 위해 새끼들을 데리고 왔다. 어미는 30센티미터 가량 새끼들 위를 날며 둑을 내려왔다. 새끼들은 그 아래를 무리지어 달려오고 있었다. 하지만 내가 있음을 알아채고는 어미가 새끼들을 버려두고 1.2미터에서 1.5미터의 간격을 두고 내 주위를 빙빙 돌며 가까워졌다. 날개와 다리가 부러진 체하며 내 주의를 끌 속셈이었다. 어미는 행군을 하고 있던 새끼들에게 후퇴명령을 내렸다. 새끼들은 어미의 지시에 따라 작지만 강한 소리로 삑삑 울며 일렬종대로 늪을 건너 서둘러 멀어졌다. 내가 미처 어미를 보지 못한 때에는 새끼들의 울음소리만 들렸다.

나는 썩 평화롭지 못한 녀석들의 사건을 목격했다. 어느 날, 장작더미라고 하긴 그렇고, 그루터기 쌓아놓은 곳에 갔는데 큰 개미 두 마리를 보게 되었다. 한 녀석은 붉은 색이었고 다른 녀석은 1.2센티미터 정도로 큰 검은 색이었는데 서로 사납게 싸우고 있었다. 서로 한번 물면 절대 놓지 않고 나무토막 위에서 버둥거리며 맞붙어 뒹굴며 쉴 새 없이 싸웠다.

나는 자세히 들여다보고 놀랐다. 그런 싸움이 나무토막 전체를 뒤덮고 있었다. 결투가 아닌 전쟁이었다. 두 개미종족 간의 전쟁이었다. 붉은 개미가 검은 개미에 대항해 얽혀있었다. 붉은 개미 두 마리에 검정개미 한 마리인 경우가 많았다. 이 미르미돈Myrmidons, 트로이 전쟁에서 아킬레스와 맞서 싸운 군대, 그리스 신화 군대가 내 장작더미의 언덕과 골짜기에 가득했다. 땅바닥은 이미 죽거나 죽어가는 붉고 검은 개미들로 뒤덮였다.

이것이 내가 목격한 유일한 전투이자, 격렬한 전투가 벌어져 죽고 죽이는 전쟁터를 밟아본 유일한 경험이었다. 한쪽은 붉은 공화주의자들이었고 다른 한쪽은 검은 제국주의자들이었다. 양쪽 모두 사생결단의 전투 중이었지만 나는 아무 소리도 들을 수 없었다. 어느 인간의 군대도 이렇게 결연할 수는 없을 것이다.

한번은 자갈투성이 호숫가를 걷고 있는 고양이를 보고 놀란 적이 있다. 고양이가 민가에서 그렇게 멀리 떨어져 헤매는 경우가 거의 없기 때문이었다. 서로 놀랐다. 하루 종일 양탄자에서 뒹구는 집고양이임에도 불구하고 원래 숲에서 살았던 것처럼 음험하고 비밀스런 행동으로 숲속 동물보다 더 토착스러워 보였다.

§

가을에는 아비가 매년 찾아와 호수에서 털갈이와 목욕을 했다. 내가 일어나기도 전도 녀석들의 야성적인 웃음소리가 숲속을 울렸다. 아비가 왔다는 소문이 퍼지면 밀댐 마을의 모든 사냥꾼들은 비상상태가 된다. 마차를 타거나 삼삼오오 도보로 이들의 전유물인 총과 원뿔탄통, 쌍안경을 들고 나타난다. 그들은 가을 낙엽처럼 사박사박 숲을 지나온다. 아비 한 마리에 최소 열 명 꼴이다.

§

어느 조용한 10월의 오후, 북쪽 호숫가를 따라 노를 젓고 있었다. 이런 날에는 아비들이 박주가리 씨앗이 떨어진 것처럼 호수

151

에 내려앉았다. 아비를 관찰하려다 허탕을 쳤었는데 갑자기 한 녀석이 호숫가에서 헤엄쳐 나와 중심으로 향하더니 나와 불과 몇 미터 안 되는 거리에서 야성적인 웃음소리를 지르며 자기 존재를 알렸다.

내가 노를 저어 쫓아가니까 녀석이 잠수를 했다. 녀석이 물 밖으로 나왔을 때 거리는 더 가까워졌다. 녀석이 다시 잠수를 했다. 하지만 나는 떠오르는 방향을 잘못 계산해서 녀석이 물 밖으로 나왔을 때 200미터나 벌어지게 되었다. 거리를 더 벌이도록 도와준 꼴이었다. 그러자 녀석이 큰 소리로 길게 웃었는데 이번엔 제법 그럴싸한 이유가 있었다.

녀석의 작전이 어찌나 교활한지 30미터 이내로 따라잡을 수가 없었다. 매번 물 밖으로 나올 때마다 주변을 둘러보아 물과 땅 사이를 침착하게 계산을 한 다음, 수면이 가장 넓고 보트에서 가장 멀리 떨어진 장소를 분명하게 선택해서 떠오르는 것 같았다. 어찌나 빨리 계산을 하고 실행에 옮기는지 놀라지 않을 수 없었다.

§

가을 날, 오리들이 멀리 사냥꾼들을 피해 재빠르게 지그재그로 움직이거나 방향을 바꾸어 호수 중간에 떠있는 것을 몇 시간 동안 바라보았다. 루이지애나 강어귀로 간다면 그런 재주는 덜 피워도 될 것이다. 사냥꾼에 쫓길 때면 종종 호수 위로 날아올라 검은 점처럼 높이 떠서 다른 호수나 강을 쉽게 찾기 위해 빙글빙글 원을 그렸다.

그러면 나는 오리들이 아주 멀리 가버리겠거니 생각할 즈음이면 400미터를 급강하해 왼쪽 멀찍이 안전한 공간에 내려앉았다. 하지만 안전한 것 빼고, 내가 월든 호수를 좋아하는 것과 같은 이유가 아니라면 오리들이 월든 호수 한가운데를 헤엄쳐야 할 다른 이유가 있는지는 나도 모르겠다.

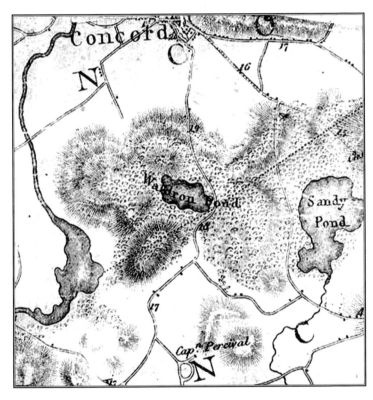

■ 1820년 콩코드 지도. 위쪽이 콩코드 마을이고 가운데가 월든 호수다.
  John G. Hales가 작성한 지도.

House-Warming
난방

북풍이 이미 호수를 차갑게 식혔다. 하지만 완전히 차가워지려면 몇 주는 꾸준히 찬바람이 불어야 했다. 그만큼 호수가 깊었다. 저녁이면 불을 지피기 시작했다. 집에 회벽 칠을 하기 전에는 벽을 붙인 판자에 틈이 많아서 굴뚝으로 연기가 잘 빠졌다. 그때까지는 방에 선선하고 바람이 잘 들어오고 옹이가 박힌 판자로 된 벽과 껍질이 붙은 서까래까지 머리 위에 자리하고 있어서 기분 좋은 밤을 보내고 있었다.

요약글 읽기

월든의 겨울은 어떻게 시작되었나?

9월이 되기도 전에 호수 건너편의 단풍나무 몇 그루가 붉게 물들었다. 겨울을 대비해 10월이 되자마자 몇 가지 열매와 밤을 따 모았다. 내게도 마찬가지지만, 인근에 사는 동물들에게 귀한 식량이기에 멀리 밤나무 숲을 찾았다. 우연히 단맛이 나는 콩감자아피오스, Ground Nut: Apios Tuberosa를 캤다. 지금은 잊혔지만 한때는 인디언의 귀중한 식량이었다. 야생의 자연이 다시 지배하게 되면 이 식물도 번창할 것이다. 월동을 준비하는 동안 말벌도 겨울을 나기 위해 내 방으로 찾아들었다. 굳이 내쫓지는 않았다.

날씨가 추워지자 호수의 그늘진 곳과 얕은 곳에 얼음이 얼기 시작했다.

처음 얼기 시작한 얼음은 단단하고 투명하기 때문에 얼음을 관찰할 수 있는 좋은 기회였다. 최초의 얼음 속에는 작고 아름다운 공기방울이 생겼는데 호수 밑바닥에서 올라와 얼음 밑에 고여 얼어붙는 것이었다. 하지만 날씨가 따뜻해지면 얼음이 탁해지고 공기방울도 서로 달라붙어 관찰하기에 적당하지 않았다. 공기방울이 생긴 얼음 밑에는 규칙적으로 우묵하게 받침접시를 엎어놓은 모양이 생겼다. 그 밑에 새로 얼음이 얼면 볼록한 렌즈모양이 되었다가 햇살이 비치면 아래의 얼음을 녹이는 작용을 하는 것 같았다.

어떻게 월동준비를 했나?

추워지기 전에 굴뚝을 만들었다. 굴뚝을 쌓으며 석공기술을 익혔다. 벽돌과 흙손의 성질을 익히며 벽난로를 공들여 쌓았다. 그 동안 시인 친구가 흙칼을 가져와 일을 도왔다.

날씨가 추워지기 시작해서야 회벽칠을 했다. 회벽칠을 하기 전에는 벽에 붙인 판자 사이에는 수많은 구멍이 있어서 벽난로에 불을 지피면 연기가 잘 빠지고 서늘해서 기분 좋은 저녁을 보냈다. 하지만 회벽칠을 마친 후에는 비록 집은 훈훈해졌지만 상쾌한 느낌은 없었다. 이따금 여럿이 같이 사는 조금은 더 크고 소박한 집 한 채를 상상하기도 했다.

본문 읽기

밤이 알맞게 익었을 때 14킬로그램 정도를 겨울식량으로 저장
했다. 밤을 따러 드넓은 링컨 숲을 즐겁게 어슬렁댔다. 지금은
그 밤나무들이 철로의 침목으로 영원히 잠들어 있다. 나는 서리
가 내릴 때까지 마냥 기다릴 수는 없어 자루 하나 어깨에 메고
밤송이를 깔 막대기를 손에 들고 나섰다. 바스락거리는 낙엽과
시끄럽게 쫓아대는 붉은 다람쥐와 어치들 한 가운데에서 가끔
녀석들이 반쯤 까놓은 밤을 훔치기도 했다. 녀석들이 골라놓은
밤송이에는 어김없이 알찬 밤이 들어있었다. 이따금 나무 위로
올라가 가지를 흔들기도 했다.
내 집 뒤뜰에도 커다란 밤나무 한 그루가 집을 거의 뒤덮다시피
자라고 있었다. 꽃이 필 때면 향기가 온 숲을 진동했다. 하지만

밤은 거의가 다람쥐와 어치의 몫이었다. 어치는 아침 일찍 무리 지어 날아와 떨어지지도 않은 밤송이에서 알밤을 쪼아댔다. 나는 이 밤나무를 녀석들에게 양보하고 더 먼 곳에 있는 온통 밤나무로 가득 찬 숲을 찾아갔다.

밤은 빵을 대신할 수 있는 좋은 식량이었다. 아마도, 찾아보면 많은 대체식량들이 있을 것이다. 어느 날, 낚시미끼로 쓸 벌레를 파다가 원주민 감자라 부르는 전설의 열매인 감자콩 뿌리줄기를 캤다. 언젠가 모험담처럼 얘기한 적이 있었는데도 어릴 때 캐서 먹은 적이 있었나 싶을 정도로 잊고 있었다. 그 후로도 가끔 다른 식물의 줄기에 기대서 자라는 붉은 비단처럼 꼬인 꽃을 본 적이 있었지만 그 식물인지 알아보지 못했다. 사람들이 경작을 하면서 이 식물은 거의 멸종되었다. 맛은 서리 맞은 감자처럼 단맛이 났다. 삶는 것보다 구워먹는 게 좋았다.

이 덩이뿌리는 미래의 언젠가 자연의 후손을 이곳에서 검소하게 먹여 살리겠다는 아주 작은 약속 같다. 한때 인디언 부족의 숭배 물이던 하찮은 덩이뿌리는 이제 살찐 소 떼와 물결치는 곡물 밭으로 인해 거의 잊히거나 겨우 넝쿨 꽃으로 알아볼 지경에 이르렀다. 하지만 다시 한 번 이곳에 야생의 자연이 번성한다면 부드럽고 사치스러운 영국의 곡물은 수많은 경쟁식물보다 먼저 사라질 것이다. 또한 사람이 돌보지 않는다면 까마귀가 옥수수가 전래되었다고 전해지는 남서쪽의 거대한 옥수수 밭의 인디언 신에게 마지막 옥수수 씨앗을 다시 물고 가버릴 것이다. 지금은 감자콩이 거의 멸종했지만 서리와 거친 야생에도 불구하고 다시 되살아나 번성하여 자신이 이 땅의 토종임을 입증할 것이다. 그리하여 고대 사냥부족의 소중한 식량자원이라는 존엄을 되찾을 것이다.

§

회벽칠을 마치자마자 본격적인 겨울이 시작되었다. 내게 남은 일은 땔감을 구해오는 일이었다. 근처 숲에서 마른 나뭇가지를 모으고 헌 울타리도 땔감으로 가져왔다. 호수 위를 떠다니는 뗏목도 옮겨다 놓았는데 목재 상태는 좋았지만 아무리 해도 마르지는 않았다. 그렇게 장작더미는 높아졌고 불쏘시개로 쓰기 위해 마른 나뭇잎을 헛간에 쌓아두었다.

이렇듯, 따뜻함과 편안함을 좋아하는 것은 사람이나 동물이나 마찬가지다. 사람이나 동물이나 조심스레 준비를 하기 때문에 겨울에 죽지 않고 살아남는 것이다. 다만, 동물은 막힌 공간에 숨어서 겨울을 나고 사람은 방을 덥혀 난방을 하고 불을 밝혀 낮의 길이를 연장하기에 예술 활동도 가능한 것이 다른 점이다. 그러나 조금이라도 더 심한 자연재해가 생기면 연약한 사람의 목숨 줄은 간단히 끊어지고 말 것이다.

9월 1일이 되기도 전에 호수 건너편에 있는 두세 그루의 작은 단풍나무가 붉게 물들어 있는 걸 보았다. 물 가의 돌출된 장소에 자란 포플러 나무의 셋으로 갈라진 가지 아래였다. 아, 그 색깔이 얼마나 많은 이야기를 하고 있는가! 매 주마다 점점 나무들의 특징이 도드라졌고 호수의 부드러운 거울에 자기의 자태를 비추며 감탄하고 있었다. 아침마다 이 화랑의 주인은 벽에 걸린 오래된 그림을 떼어내고 더 빛나면서 조화로운 색을 가진 새로운 그림으로 바꿔 걸었다.

§

11월, 겨울철에 들기 전에 말벌처럼 월든의 북동쪽을 자주 찾았다. 거기는 리기다소나무와 호숫가 자갈에 햇빛이 반사되어 호수의 난롯가 역할을 했다. 할 수 있다면 사람이 피운 불 대신에 햇볕으로 몸을 데우는 편이 훨씬 기분 좋고 건강에도 좋다. 이렇게 나는 길 떠난 사냥꾼처럼 여름이 남긴 새빨간 숯불로 몸을 데웠다.

굴뚝을 만들려다보니 석공기술을 익혔다. 벽돌은 벌써 한 번 썼던 것이라 흙손으로 손질이 필요했다. 덕분에 벽돌과 흙손의 일반 성질을 더 배우게 되었다. 벽돌은 이미 사용했던 것이라 흙손으로 다듬어야 했다. 그래서 벽돌과 흙손의 일반적인 상태에 대해 더 깊이 이해할 수 있었다. 벽돌에 붙은 회반죽은 오십 년이나 지난 것인데도 아직도 굳는 중이라는 얘기를 들었다. 하지만 이 얘기는 진위여부를 따져보지 않고 허투루 하는 얘기다. 이런 얘기들이야말로 세월이 갈수록 말이 보태지면서 더욱 단단히 굳어지기 마련이다. 그래서 케케묵은 잘난 체를 털어내려면 흙손으로 수도 없이 두드려야만 할 것이다.

§

그 무렵 한 시인친구 윌리엄 엘러리 채닝과 2주간 같이 살아야 했기에 방 문제가 난처하게 되었다. 친구는 내게 흙칼 두 개가 있음에도 자기 흙칼을 가져왔다. 우리는 자주 흙칼을 흙에다 쑤셔넣고 닦아내곤 했다. 친구는 난방공사와 식사준비를 거들었다. 나는 반듯하고 튼튼하게 한 단씩 일이 진행되자 흐뭇했다. 그리고 일이 천천히 진행될수록 더 오래 사용할 수 있음을 되새겼다.

굴뚝은 바닥에 기초를 대고 집을 통과해 하늘과 맞닿아 있으니 어느 정도는 독립된 구조물이다. 집에 화재가 났을 경우에도 종종 굴뚝만 남는 경우도 있으니 그 중요성과 독립성은 명백하다. 여기까지 여름이 끝날 무렵의 이야기이고 지금은 11월이다.

북풍이 이미 호수를 차갑게 식혔다. 하지만 완전히 차가워지려면 몇 주는 꾸준히 찬바람이 불어야 했다. 그만큼 호수가 깊었다. 저녁이면 불을 지피기 시작했다. 집에 회벽 칠을 하기 전에는 벽을 붙인 판자에 틈이 많아서 굴뚝으로 연기가 잘 빠졌다. 그때까지는 방에 선선하고 바람이 잘 들어오고 옹이가 박힌 판자로 된 벽과 껍질이 붙은 서까래까지 머리 위에 자리하고 있어서 기분 좋은 밤을 보내고 있었다.

그런데 솔직히 회벽 칠을 하고나니 더 편해지기는 했는데 왠지 즐겁지는 않았다. 사람 사는 방이라면 밤에 머리 위 높은 곳에 어두컴컴한 구석이 생기고 서까래 근처에 그림자 정도는 어른거려야 하지 않을까? 이런 그림자들이 프레스코 벽화나 비싼 가구보다 상상력이나 창의력을 발휘하기에는 더 적합하다.

어쨌든, 이제야 나는 처음에 계획했던 안전하고 따뜻한 용도의 집에 처음 입주하게 되었다.

§

그 동안 호수는 후미진 곳의 그늘지고 얕은 곳부터 살얼음이 얼기 시작했다. 본격적으로 얼음이 얼기 일주일 전 무렵이었다. 첫 얼음은 완벽했다. 딱딱하고 어두운데다 투명해서 각별한 관심을 끌었다. 얕은 곳의 호수바닥을 관찰할 수 있는 절호의 기회였다. 물살도 없는 약 2.5센티미터 두께의 얼음 위에 사지를 뻗고 소금쟁이처럼 엎드려 여가 삼아 5-8센티미터 밑바닥을 유리판 뒤에 끼운 그림을 보는 것처럼 공부할 수 있다. 물속의 모래에는 물속 생물이 이리저리 지나다닌 흔적으로 생긴 주름 진 골이 많이 보였다. 바닥에는 날도래 유충Caddis-worm이 만든 자잘한 흰색 석영 알갱이의 집이 널려 있었다. 주름 골에 날도래 유충의 집이 있는 것으로 보아 아마도 이 벌레들이 만들어 놓았을지도 모른다. 그래도 벌레들이 만들기에는 깊고 넓다.

하지만 얼음 자체야말로 가장 관심을 끈다. 이를 연구하려면 이른 아침에만 가능하다. 얼음이 언 다음 아침에 자세히 관찰하면 얼음 속에 있는 것처럼 보이던 대부분의 공기방울이 호수 바닥에서 올라와 얼음 밑바닥에 붙는다는 것을 알 수 있다. 얼음이 비교적 딱딱하고 검을 때에는 물결이 지나는 것도 볼 수 있다. 공기방울의 지름은 3밀리미터에서 0.3밀리미터로 매우 선명하고 아름답다. 게다가 얼음에 비친 얼굴도 볼 수 있다. 이 공기방울의 숫자는 2.5제곱센티미터 당 30개에서 40개 정도다. 얼음 속에는 1.2센티미터 정도의 길쭉한 타원형 공기방울이 수직으로 서있는 현상도 보였는데 원뿔의 뾰족한 모서리가 위를 향하고 있었다. 종종 얼음이 급하게 얼면 자잘한 둥근 공기방울이 염주 알처럼 수직으로 줄지어 매달리는 현상도 있었다. 하지만 얼음 속의 공기방울이 맺히는 현상은 많지도 않고 얼음 아래에 맺히는 공기방울만큼 관찰하기도 쉽지 않다.

§

내가 회벽 칠을 마치자마자 드디어 겨울이 본격적으로 시작되었다. 바람은 그 동안 많이 참기 힘들었다는 듯 집 주위에서 사납게 불어댔다. 기러기는 땅에 눈이 덮인 후에도 밤이면 밤마다 찾아와 어둠속에서 날개 짓 소리를 울리며 무겁게 내려앉았다. 일부는 월든에 내려앉고 일부는 멕시코로 가기 위해 숲을 낮게 날아 페어 헤이븐으로 향했다.

§

월든 호수는 1845년 12월 22일 밤에 처음으로 완전히 얼었다. 플린트 호수와 다른 얕은 호수와 강은 열흘 남짓 전에 얼어붙었다. 1946년은 12월 16일, 1849년은 12월 31일 경, 1850년은 12월 27일 경, 1852년은 1월 5일, 1853년은 12월 31일에 완전히 얼었다.

눈은 이미 11월 25일부터 온 땅을 뒤덮어 갑작스레 주변을 겨울 풍경에 휩싸이게 했다. 나는 내 껍질 속으로 더욱 움츠러들어 집과 내 가슴속에 밝은 불을 계속 지피려고 애썼다.

밖에서 할 일은 숲에서 죽은 가지를 손과 어깨로 날라 모으거나 죽은 소나무를 겨드랑이에 끼고 질질 끌어 헛간으로 나르는 것이었다. 한때 제몫을 제대로 했던 낡은 숲 울타리는 훌륭한 땔감이 되었다. 나는 테르미누스경계의 신, 로마신화를 더 이상 모시지 못하는 이 울타리를 불칸불의 신, 로마신화에게 제물로 바쳤다. 방금 눈밭에서 구해온, 아니 땔감을 훔쳐온 사람의 저녁식사는 얼마나 유쾌한가! 그의 빵과 고기는 감미롭기만 하다. 장작과 갖가지 쓸모없는 나무는 온 마을의 불을 지피고도 남을 만큼 충분했다. 하지만 요즘은 난방에 이런 나무를 사용하지 않아서 일부 사람들은 어린 나무의 성장을 방해한다고 생각한다.

호수에 떠다니는 나무도 있다. 여름 동안에 아일랜드 인들이 철로공사를 할 때 엮어서 만들어 놓은 껍질이 붙은 리기다소나무 뗏목을 발견했다. 이 뗏목을 호숫가에 걸쳐놓았다. 2년 동안 물먹은 뗏목을 6개월이나 세워놓았더니 겉모양은 쓸 만했지만 쉬 마르지는 않았다. 나는 뗏목을 풀어 하나씩 호수를 가로질러 나르며 겨울 한나절을 즐겼다. 4.5미터 길이의 통나무를 한쪽 어깨에 걸치고 다른 한쪽은 얼음에 끌며 거의 800미터 정도의 거리를 스케이트 타듯 날랐다.

그러다 몇 개의 통나무를 자작나무 가지로 한 묶음 만든 다음, 그 끝에 더 긴 자작나무나 오리나무 가지를 다시 묶어서 끌고 건넜다. 완전히 물을 먹은 나무라 납덩이처럼 무겁기는 했지만 오래 타고 화력도 좋았다. 그게 아니면, 등잔 속의 기름처럼 송진이 방수역할을 해서 더 오래 타듯 물을 먹이는 편이 화력이 더 좋은 것인지도 모르겠다.

§

두더지가 내 식량창고에 둥지를 틀고 저장해 놓은 감자의 3분의 1을 모두 조금씩 갉아 놓았다. 게다가 거기에 회벽 칠을 하고 남은 붓의 털과 갈색 종이로 아늑한 침실까지 꾸며놓았다. 아무리 야생동물이라도 사람처럼 안락하고 따뜻한 걸 좋아하는 건 마찬가지다. 녀석들이 겨울에도 살아남을 수 있는 것은 이토록 조심스레 스스로를 돌보기 때문이다.

내 친구 몇몇은 내가 숲에 얼어 죽으러 들어가기라도한 것처럼 말했다. 동물들은 단지 안전한 장소에서 잠자리를 만들어 몸의 온기를 유지할 뿐이다. 하지만 사람은 불을 발견하면서 너른 방에 공기를 가두고 덥혀서 남의 것을 빼앗을 필요도 없이 스스로 잠자리를 꾸민다. 그로 인해 사람은 성가신 옷을 벗어던지고 한겨울에도 여름처럼 살 수 있다. 창문을 만들어 방을 환하게 만들고 등잔으로 낮을 연장한다. 이렇게 사람은 본능에서 한두 발자국 넘어서서 예술에 몰두하는 시간을 벌었다.

내가 오랫동안 난폭한 눈보라에 노출되어 온몸이 마비될 지경에 이른다 해도 훈훈한 집안의 발을 들이는 순간, 몸의 기능을 회복하고 생명을 연장할 수 있다. 하지만 이런 관점에서 본다면 매우 사치스런 집도 자랑할 바가 별로 없다. 또한 인류가 결국에는 어떻게 종말을 맞을까 하는 구구한 추측으로 서로 싸울 필요도 없다.

북풍의 기세가 조금만이라도 거세지면 사람의 생명 줄은 아주 쉽게 끊어지고 말 것이다. 우리는 '혹한의 금요일'이나 '대 폭설'의 날을 기록한다. 하지만 조금 더 추운 혹한의 금요일이나 대 폭설에 조금만 더 눈이 쏟아져도 지구상의 인류의 존재는 곤경에 빠지고 말 것이다.

Former Inhabitanes; and Winter Visitors
전에 살던 사람들과 겨울 손님들

폭설과 사나운 눈보라를 뚫고 제일 멀리서 내 오두막을 찾아오는 시인 친구가 있다. 농부, 사냥꾼, 군인, 기자, 철학자조차도 이런 날씨라면 꺼려할 것이다. 하지만 시인은 말릴 수가 없다. 순수한 사랑의 동력으로 움직이기 때문이다. 누가 그의 왕래를 알 수 있겠는가? 시인의 일은 시도 때도 없다. 심지어 의사가 잠든 시간에도 자기 일 때문에 외출을 한다.

우리는 시끌벅적 유쾌하게 떠들어 작은 집을 크게 울리고, 꽤 진지한 대화를 속삭여 잔잔하게 울렸다. 이렇게 긴 침묵에 빠진 월든 계곡을 위로했다.

요약글 읽기

예전에는 어떤 사람들이 이곳에 살았나?

여러 차례의 눈보라를 즐거운 마음으로 맞았다. 눈 쌓인 숲에는 이따금 나무꾼만 다녀갈 뿐, 인적이 없었다. 그 동안 나는 이곳에 살았던 과거의 사람들을 떠올리며 교재를 대신했다. 예전에 이 숲은 사람도 제법 살았고 지금보다 더 울창한 숲이 자리하고 있었다.

한때, 콩밭 동쪽 편 길 너머에는 카토 잉그램이라는 흑인이 살고 있었다. 노예였던 그는 주인의 배려로 작은 오두막에서 호두나무를 기르며 살았다. 그러나 투기꾼의 손에 땅이 넘어갔고 지금은 카토나 투기꾼이나 작은 땅을 차지하고 영원히 잠들어 있다. 카토의 집에서 좀더 마을 쪽에는 질파라는 흑인여자가 살고 있었다. 가난하게 살던 그녀는 영국인 전쟁포로들이 집에 불을 질러 가축들을 모두 태워죽이고 말았다. 지금은 벽돌 몇 개만 남아있다. 브리스터 언덕의 브리스터 프리맨, 스트래튼 일가의 농가도 이제는 흔적만 남아있다.

브리드 오두막은 악마의 장난으로 유명한 곳이다. 일가족을 살해하고 약탈한 악마의 이름은 '뉴잉글랜드 럼주' 다. 비극의 자세한 이야기를 하기에는 아직 이르다. 브리드의 오두막은 어느 해에 개구쟁이들의 불장난으로 모두 타버렸다. 이제는 우물터만 남아있다. 많은 사람이 북적이며 살던 터는 이제 수풀이 뒤덮고 있다. 어떤 우물은 편편한 돌로 덮여있는 곳도 있다. 아마 훗날을 기약하며 우물을 덮었던 사람들의 눈에서 눈물샘이 터졌을 것이다.

그런데 많은 사람이 살았던 살기 좋은 마을이 왜 이렇게 몰락했을까? 월든 호수와 여러 샘이 있었지만 예전 사람들은 지혜롭게 이를 활용하지 못하고 그저 술을 타먹는 용도로만 사용했던 것이다.

겨울에 찾아온 손님들은 누구인가?

겨우내 찾아오는 손님이 거의 없었다. 눈이 60센티미터씩 쌓여 사냥꾼도 외출하지 않았지만 나는 산책과 외출을 중단하지는 않았다. 대낮인데도 백송나무 위에서 졸고 있는 올빼미를 만나고 집에 돌아올 때쯤이면 누군가 다녀간 흔적이 보였다. 나무꾼의 발자국과 나무를 깎던 흔적, 담배냄새가 그의 방문을 알려주었다.

어느 일요일 오후에 의식 있는 농부가 찾아왔다. 소박하고 단순했던 시절을 추억하며 간식을 먹었다. 어느 누구도 나서기 꺼리는 거친 눈보라를 뚫고 순수한 사랑을 가진 시인 친구도 찾아왔다. 소박한 식사를 나누며 유쾌한 시간을 보냈다.

무엇보다 반가운 사람은 말과 태도가 일관되고 자유로운 철학자 친구였다. 넓은 아량과 평온함을 지닌 위대한 관찰자이자 선구자였다. 때로는 생각의 지평을 넓히고, 때로는 낚시를 즐기며 사상의 지평을 넓혔다.

그 외에 마을에 살고 있는 깊은 대화를 나누던 한 사람이 있었다. 주로 내가 그를 찾아갔지만 그가 내 집을 방문하기도 했다.

이따금 오래도록, 기꺼이 손님을 접대할 생각으로 기다려보았으나 방문하는 손님은 없었다.

본문 읽기

나는 몇 차례 눈 폭풍 치는 날씨를 즐겁게 맞았다. 밖에는 눈보라가 휘몰아치고 부엉이 소리도 들리지 않았지만 난롯가에서 기분 좋은 겨울밤을 보냈다. 몇 주 동안 산책을 다녔지만 아무도 만나지 못했다. 이따금 숲에 나무를 해서 썰매에 싣고 마을로 돌아가는 사람만 있었다.

그런데도 자연은 숲에 내린 깊은 눈 속에 길을 내라고 부추겼다. 내가 지나가면 바람이 참나무 잎을 흔들어 내 발자국 위에 날렸다. 그렇게 잎이 쌓이면 햇볕을 흡수해 눈을 녹이고 내 발을 위한 편안한 침대가 되어줄 뿐만 아니라 어두운 밤에 길잡이 노릇도 했다.

그 동안 사람 사귀는 일은 이전에 살았던 사람들을 기억하는 것으로 대신했다. 마을 사람들의 기억 속에는 내가 사는 집 근처의 길 가에 많은 사람들이 살아서 웃고 떠드는 소리가 흘러 넘쳤다고 했다. 숲과 접한 경계에는 이전에 살았던 사람들의 작은 텃밭과 집터의 흔적이 여기저기 남아 있었다. 당시에는 숲이 지금보다 더 울창했다고 했다.

§

내 콩밭의 동쪽에 길을 건너면 카토 잉그램이란 사람이 살았었다. 던컨 잉그램이란 콩코드 마을의 유지이자 신사였던 사람의 노예였다. 주인은 자기 노예인 우티카 출신이 아닌 콩코드 출신의 카토에게 월든 숲에 집을 한 채 지어 살도록 해주었다. 어떤 사람은 카토가 기니아 출신의 흑인이었다고 했다.

아직도 몇몇 사람은 호두나무 사이에 있던 카토의 조그만 터전을 기억한다. 그는 늙었을 때를 대비해 호두나무를 길렀지만 결국 희멀건하게 생긴 젊은 투기꾼에게 넘어가고 말았다. 지금은 모두 한 평 땅 속 집을 차지하고 있을 뿐이다.

카토의 반쯤 묻힌 지하 저장고는 아직도 남아있다. 하지만 소나무 가지가 가리고 있어서 여행객들은 거의 찾기 힘들다. 지금은 반질반질한 옻나무와 일찍 잎이 돋는 미역취가 풍성하게 자라고 있다.

마을 가까이 더 내려가면 길 반대편 숲 가장자리에 브리드 터가 나온다. 악마가 장난을 친 것으로 유명한 곳인데 그 악마의 신화적 근거는 불분명하다. 그래도 뉴잉글랜드 역사에 걸출하고 인상적인 한 부분을 차지했으니 어떤 전설의 등장인물보다 이 악마의 일대기는 기록될 만한 가치가 있다. 그는 처음 친구나 일꾼으로 가장하고 들어와 일가족을 약탈하고 살해했다. 그 이름은 뉴잉글랜드 럼주였다. 하지만 아직 비극을 떠올려 이야기할 시기가 아니다. 누그러질 때까지 시간을 주고 하늘빛을 띄도록 여유를 둬야 한다.

여기 가장 알 수 없는 수상한 전설이 전하길, 한때 술집과 우물이 있었노라, 여행자에게 마실 것을 제공하고 말의 기운을 북돋았노라. 여기에서 사람들은 서로 인사하고 소식을 듣고 전했노라, 그리고 다시 길을 떠났노라.

§

이제는 땅에 움푹 팬 자국만이 집터와 지하 저장실이 있었음을 말해주고 있다. 거기에 양딸기, 나무딸기, 심블베리Thimble-berry, 개암나무, 옻나무들이 양지 바른 풀밭에 자리하고 있다. 굴뚝 자리에는 리기다소나무와 울퉁불퉁한 참나무가 대신 자라고 있고 바람에 향기를 날리는 검정 자작나무가 있는 곳은 돌계단이

175

있던 자리일 것이다.

가끔 우물터를 볼 때가 있다. 한때 물이 흘렀으나 지금은 메마
르고 무심한 풀만 자라고 있다. 어떤 곳은 깊이 묻어 놓았는데
나중을 기약하며 숨겨둔 것이다. 마지막 거주자가 떠나면서 편
편한 석판으로 막아놓고 지금은 그 위에 잡초가 자라고 있다.
우물을 덮다니, 이 얼마나 슬픈 일인가! 우물을 덮으며 눈물샘
이 터졌을 것이다.

§

하지만 이 작은 마을은 콩코드가 굳건히 서 있는 동안 더 번창
할 가능성이 있었음에도 망하고 말았을까? 자연의 혜택이 있지
않았는가? 물을 쓸 수 있는 특권도 있지 않았는가?
아! 이 깊은 월든 호수와 시원한 브리스터 샘물을 오래도록 건
강하게 마실 수 있는 특별한 혜택이 있었음에도 제대로 활용하
지 않고 그저 술에 섞어먹는 정도로 사용한 것이다. 이들은 하
나같이 술을 좋아하는 사람들이었다.

§

이런 한 겨울에는 찾아오는 손님도 거의 없다. 눈이라도 높게

쌓이면 내 집 근처에는 한두 주 동안은 사람 그림자도 보이지 않았다. 그러함에도 나는 목초지의 쥐처럼 편안하게 살았다. 눈에 갇혀 음식도 없이 오랜 시간 살아남았다는 소나 닭처럼, 혹은 서튼 마을의 초기 정착 가족들처럼 살아남았다. 이 가족의 이야기는 1717년 대 폭설 때, 가장이 없는 동안 집이 완전히 눈에 파묻혔는데 한 인디언이 굴뚝 구멍으로 나오는 연기를 발견하고 가족을 구했다고 전한다. 그러나 내게는 나를 걱정해주는 다정한 인디언이 없다. 사실 필요가 없다. 가장이 집에 있기 때문이다.

§

이따금 눈이 내려도 일을 마치고 저녁에 돌아오면 문 앞에 깊게 팬 어느 나무꾼의 발자국과 지저깨비 더미, 집안에 가득한 담배 냄새의 흔적을 발견하곤 했다. 또는 일요일 오후에 어쩌다 집에 있으면 머리 좋은 농부가 눈 밟는 소리를 내며 오는 소리를 들을 때도 있다. 친분이 있어 '잡담'을 나누려고 숲을 지나 멀리서 날 찾아오는 친구다. 몇 안 되는 '의식 있는 농부'로서 교수복 대신에 작업복을 걸친 사람이었다. 헛간 마당에서 무거운 서름을 끌어내듯 교회와 국가로부터 도덕심을 이끌어낼 준비가 되어 있는 사람이었다.

폭설과 사나운 눈보라를 뚫고 제일 멀리서 내 오두막을 찾아오는 시인 친구가 있다. 농부, 사냥꾼, 군인, 기자, 철학자조차도 이런 날씨라면 꺼려할 것이다. 하지만 시인은 말릴 수가 없다. 순수한 사랑의 동력으로 움직이기 때문이다. 누가 그의 왕래를 알 수 있겠는가? 시인의 일은 시도 때도 없다. 심지어 의사가 잠든 시간에도 자기 일 때문에 외출을 한다.

우리는 시끌벅적 유쾌하게 떠들어 작은 집을 크게 울리고, 꽤 진지한 대화를 속삭여 잔잔하게 울렸다. 이렇게 긴 침묵에 빠진 월든 계곡을 위로했다.

§

어디나 마찬가지지만, 나는 오지 않을 손님을 기다릴 때가 있다. 비슈누 푸라나힌두교 교리에서 이렇게 전한다. "집주인은 저녁 무렵 마당에서 소젖을 짜는 시간만큼이나 오래도록 기꺼이 손님이 오기를 기다려야 한다." 나는 이런 환대의 의무를 지키고자, 한 떼의 소젖을 다 짜는 시간만큼이나 오래 기다려보았으나 마을에서 찾아오는 사람은 없었다.

Winter Animals
겨울 동물들

토끼와 자고새가 없는 곳이 시골인가? 이들은 동물 중에 가장 단순
하고 토착적인 동물에 속한다. 고대로부터 현재까지 이어진 유서
깊고 존경받을만한 집단이다. 자연의 색상과 본질을 가지고 한 쪽
은 날개로, 한 쪽은 다리로 나뭇잎과 땅에 가까이 기대 산다.

요약글 읽기

겨울 동안 동물들은 어떻게 지내나?

눈이 쌓여 사람들이 힘겹게 길을 내는 동안 호수가 얼어붙어 널찍한 마당이 생겼다. 겨울에는 밤에도 그렇지만 낮에도 부엉이가 쓸쓸한 목소리로 인사를 건넸다. 호수가 얼기 전에는 마치 신성한 숲에서 날 쫓아내려 작정이라도 한 것처럼 울던 녀석들이었다. 얼어붙은 호수는 이따금 나쁜 꿈이라도 꾸는 듯 울어대고 여우는 사냥감을 찾으러 밤 깊은 겨울 숲을 돌아다녔다.

나는 다람쥐나 토끼를 위해 덜 여문 옥수수를 문 밖에 푸짐히 던져놓았다. 저녁 무렵과 밤에는 토끼가 주로 옥수수를 먹으러 왔다. 다람쥐는 사방을 경계하느라 아주 조심스럽게 옥수수에 다가왔다. 마침내 익숙해지자 마음껏 먹고 옥수수를 자기 집으로 운반해 가기도 했다. 어치는 옥수수를 먹기 좋게 쪼개 먹었고 박새는 다람쥐가 남긴 옥수수 부스러기를 주워 먹었다.

겨울 한철 여우사냥을 나선 사냥꾼과 사냥개들이 숲을 떠들썩하게 만들었다. 여우는 영리하게 이들을 따돌렸는데 쫓아올 수 없도록 기다란 담장 위를 달리거나 냄새를 지우기 위해 호수를 헤엄쳐 건너기도 했다. 사냥꾼들은 사냥한 여우나 고양이 가죽을 팔거나 술과 바꿔 먹었다.

먹을 것이 부족한 쥐들이 리기다소나무의 밑동을 갉아먹어 소나무가 죽는 경우도 있다. 강한 번식력을 가진 소나무를 쥐들이 솎아주는 일이 때로 필요한 일일 수도 있다. 산토끼는 내가 버린 감자껍질을 주워 먹기 위해 어두워지면 모여들었다. 녀석들은 날쌔지만 겁이 많았다.

산토끼나 자고새가 없는 곳은 진정 시골이라 할 수 없다. 자연에 가장 가까운 색과 성격을 가졌다. 어느 날, 세상에 난리가 나더라도 이들은 자연 그 자체로 끝까지 살아남을 것이다. 산토끼 한 마리 먹여 살리지 못하는 시골은 정말 황폐한 곳일 것이다.

본문 읽기

겨울밤에 들리는 소리가 있다. 종종 낮에도 들리는데 쓸쓸하지만 선율이 있는 부엉이의 울음소리가 아득히 먼 곳에서 들려온다. 이 소리는 마치 얼어붙은 대지가 알맞은 활로 연주하는 소리 같다. 월든 숲이 만이 가진 소리다.

부엉이가 어떻게 소리를 내는지 한 번도 본 적은 없지만 시간이 흐르자 꽤 익숙해졌다. 어쩌다 겨울 저녁에 문을 열면 어김없이 그 울음소리가 들렸다. '후우-, 후후, 후-' 부엉이 소리가 낭랑하게 울려 퍼졌다.* 첫 세 음절은 '잘 지내?How der do' 처럼 들리지만 대개는 '후-, 후-'하는 소리만

*Great Horned Owl의 울음소리를 묘사한 듯하다. 'listen to owls: audio clips-annenberg media' 를 검색해서 Great Horned owl의 울음소리를 들어보자.

들렸다.

§

내 콩코드의 멋진 잠자리 친구인 호수의 얼음이 우는 소리도 들렸다. 잠자리를 설치는 건지, 토하고 싶은 건지, 아무튼 안 좋은 꿈을 꿔 속이 좋지 않은 모양이었다. 강추위로 땅이 갈라지는 소리에 잠을 깰 때는 마치 알 수 없는 한 패거리의 사람이 문으로 쳐들어오는 것 같았다. 아침에 나가보면 땅이 2센티미터 폭으로 400미터나 갈라져 있는 걸 볼 수 있었다.

이따금 여우가 달빛이 환한 눈밭에서 자고새를 쫓거나 다른 놀이거리를 찾아 내달리는 소리를 들었다. 여우는 숲속에 들어온 개가 그러듯 악마처럼 거칠게 짖었다. 어떤 열망으로 괴로워하며 표현할 방법을 찾으려는 것 같기도 하고 빛을 찾아 헤매거나 거리낌 없이 거리를 맘껏 달리는 개가 되고 싶어 그러는 것 같기도 했다.

사람의 시간으로 보면 세대를 거듭할수록 동물의 세계에도 사람처럼 문명이 진행되고 있는 것은 아닐까? 굴을 파고 숨어서 변신을 바라며 원시의 인간이 되기를 기다리는 것 같았다. 때로는 한 녀석이 불빛에 이끌려 내 창문 가까이까지 왔다가 나를 발견하고는 교활하게 짖으며 도망을 쳤다.

새벽이면 늘 붉은 다람쥐Red squirrel(Sciurus Hudsonius)가 지붕 위를 가로지르거나 벽을 오르내리는 소리로 잠을 깨웠다. 누가 잠을 깨우려고 일부러 숲에서 보낸 것 같았다. 겨우내 14킬로그램의 덜 익은 옥수수 알갱이를 문 밖 눈밭에 던져주었다. 이 옥수수 알갱이로 여러 동물을 꾀어 녀석들의 행동을 즐겁게 지켜보았다. 어슴푸레한 저녁과 밤이면 토끼가 찾아와 매일 배불리 식사를 했다.

붉은 다람쥐는 하루 종일 들락거렸는데 녀석들의 수작은 꽤나 즐거웠다. 처음에는 키 작은 참나무 사이를 지나 조심스럽게 다가와 눈밭을 바람에 날리는 낙엽처럼 후다닥 건너기 시작한다. 잠깐 동안은 내기라도 하는 것처럼 믿을 수 없이 서두르며 사력을 다해 놀라운 속도로 짧은 거리를 달리다가, 다시 잠깐은 최대한 멀리까지 달음질을 쳤다. 하지만 한꺼번에 2.5미터 이상을 달리지는 않았다. 그러다 마치 온 세상의 눈이 녀석을 쳐다보기라도 한다는 듯, 갑자기 멈춰 서서 우스운 표정을 지으며 느닷없이 재주넘기를 했다.

다람쥐의 모든 행동은 숲속 대부분의 은밀한 쉼터에서조차 이 무용꾼의 숫자만큼이나 지켜보는 관객이 존재함을 뜻했다. 이렇게 주위를 용의주도하게 살피며 지체하는 시간이면 자기가 갈 길을 걸어서도 갈만큼 충분했다. 물론 다람쥐가 걷는 것을 본적은 없다. 그러다 갑자기 어린 리기다소나무 꼭대기에 올라

숨을 고르며 보이지 않는 관객을 향해 욕지거리를 퍼붓거나 싸 잡아 온 세상에 대고 혼자 중얼댔다. 제 스스로는 알지 몰라도 나는 그 이유를 알지 못한다.

§

마침내 어치가 왔다. 이미 오래 전부터 그 시끄러운 울음소리가 들렸다. 2백여 미터 떨어진 곳부터 은밀히 이 나무 저 나무 옮겨 앉으며 슬금슬금 조금씩 조심스럽게 다가와 다람쥐가 먹다 흘린 알곡을 물었다. 그런 다음, 리기다소나무 가지에 앉아 허겁지겁 알곡을 삼키려 했지만 목구멍에 걸려 질식할 만큼이나 알곡이 컸다. 그러면 고생 끝에 다시 토한 다음, 잘게 쪼개려고 반시간이나 부리로 열심히 쪼아댔다.

§

그 동안 딱새Chickadee 무리도 찾아와 다람쥐가 먹다 흘린 먹이를 물고 가까운 나뭇가지에 날아올라 발로 움켜쥔 채, 작은 부리로 쪼았다. 마치 나무껍질에 붙은 벌레를 쪼듯이 가녀린 목구멍으로 넘길 수 있을 때까지 잘게 쪼았다. 이 작은 딱새 무리는 내 장작더미와 문 앞에 찾아와 떨어진 부스러기로 매일 식사를 했다.

이 녀석들은 시냇물이 졸졸 흐르듯 높고 여린 울음소리를 냈다. 마치 풀잎에 매달린 작은 고드름이 서로 부딪치는 소리 같았다. 어느 때는 기운차게 '데이 데이 데이' 하고 울고 드물게 봄 같이 따뜻한 날에는 여름철의 울음소리처럼 힘차게 '피비' 하고 숲 쪽에서 울었다. 제법 친해지자 한 녀석이 나무를 한 아름 나르고 있는데 겁도 없이 그 나무에 내려앉아 쪼았다.

한번은 마을 텃밭에서 밭을 김을 매고 있는데 참새가 내 어깨에 내려앉은 적도 있다. 나는 권위나 쌓아올리며 사는 것보다 이런 환경에 사는 것이 잘한 것임을 더 한층 느꼈다. 다람쥐와도 역시 아주 친해져서 가까이 있을 때에는 내 신발에 뛰어오르기도 했다.

§

어두운 겨울 아침이나 짧은 겨울 오후에 가끔 한 떼의 사냥개들이 추적본능을 억누르지 못하고 컹컹 짖으며 사냥감을 쫓는 소리가 온 숲에 울려 퍼졌다. 사냥 나팔소리가 울리면 뒤이어 사냥꾼이 모습을 드러냈다.

숲이 다시 떠들썩해졌다. 하지만 호수의 탁 트인 평원에 뛰쳐나가는 여우도, 그 악타이온사슴으로 변한 사냥꾼, 그리스 신화를 쫓아가는 무리도 보이지 않는다. 저녁 무렵이 되어야 전리품 삼아 여우꼬리 하나 달랑 들고 숙소를 찾아 돌아가는 사냥꾼을 보게 된다.

사냥꾼은 만약 여우가 얼어붙은 대지에 숨죽이고 숨어있었다면 안전했을 거라고 말했다. 또는 여우가 곧바로 쭉 도망을 치면 사냥개들이 거의 따라잡을 수 없다고 했다. 그렇지만 여우가 사냥개를 따돌린 후, 따라올 때까지 쉬면서 귀를 기울이다가 빙 돌아 다시 제 집으로 돌아가면 그곳에는 사냥꾼이 기다린다고 얘기해주었다. 하지만 여우도 때로는 수십 미터의 담장 위를 달리다가 한쪽으로 멀찍이 껑충 뛰어내린다. 게다가 물이 자신의 냄새의 흔적을 감춘다는 사실도 알고 있는 것 같다.

어느 사냥꾼의 얘기에 의하면 여우가 월든 호수가 얼음에 덮였을 때 생긴 얕은 웅덩이에 갑자기 뛰어들어 사냥개의 추적을 따돌리는 것을 목격한 적이 있다고 했다. 여우는 슬쩍 건너가다가 다시 같은 호숫가로 뒤돌아 나왔다고 했다. 잠시 후에 사냥개들이 왔지만 여우의 냄새를 찾지는 못했다고 했다.

§

산토끼와 매우 가깝게 지냈다. 겨울 동안 내내 한 녀석이 내 집 밑에 둥지를 든 것이다. 겨우 마룻바닥 하나로 떨어져 있었다.

아침마다 내가 움직이기 시작하면 이 녀석이 놀라 서두르다가 쿵, 쿵, 쿵, 마루기둥에 머리를 찧는 바람에 내가 깜짝깜짝 놀랐다.

이 녀석들은 어둑어둑해지면 내 집 문 앞에 모여 내가 밖에 던져버린 감자껍질을 갉아먹었다. 워낙 흙색과 같아서 녀석들이 움직이지 않으면 찾아내기 힘들었다. 땅거미가 질 무렵이면 이따금 창문 아래에 한 녀석이 눈에 보였다가 사라지기를 반복했다. 밤에 문이라도 열면 펄쩍 뛰며 소리를 지르고 도망을 갔다.

§

토끼와 자고새가 없는 곳이 시골인가? 이들은 동물 중에 가장 단순하고 토착적인 동물에 속한다. 고대로부터 현재까지 이어진 유서 깊고 존경받을만한 집단이다. 자연의 색상과 본질을 가지고 한 쪽은 날개로, 한 쪽은 다리로 나뭇잎과 땅에 가까이 기대 산다.

토끼나 자고새가 튀어나올 때 우리는 야생동물을 본 것이라고 할 수 없다. 그저 나뭇잎이 '바스락' 소리를 내는 것만큼이나 자연스러운 현상의 하나일 뿐이다. 자고새와 토끼는 어떤 난리가 나더라도 자연의 진정한 원주민으로서 끝까지 살아남을 것이다. 숲을 다 베어내도 새싹과 수풀이 이들을 숨겨 전보다 더 번성하게 만들 것이다.

산토끼 한 마리 살리지 못하는 시골은 정말 황폐한 곳임에 틀림
없다. 우리 숲은 자고새와 토끼가 많다. 카우보이들이 만들어
놓은 새잡이 담장과 말갈기로 된 올가미가 널려있어도 늪지라
면 어디나 이 녀석들이 돌아다니는 것을 볼 수 있다.

■ 1839년의 콩코드 중심가를 묘사한 그림. 왼쪽에 의회건물이 반쯤 보이고 오른쪽에 미들섹스 호텔과 유니테리언 교회가 있다. J. W. Barber의 그림, J. Downes 판화.

The Pond in Winter
겨울의 호수

나는 30센티미터의 눈을 퍼내고 일을 시작한다. 그리고 30센티미터 두께의 발 밑 얼음 창을 연다. 물을 마시기 위해 무릎을 꿇고 앉아 대지의 유리창을 통해 부드럽게 빛이 흩뿌려지는 고요한 수족관을 들여다본다. 호수의 마룻바닥은 여름과 다름없이 빛나는 모래가 깔려있다. 거기에는 해질녘의 황혼처럼 변함없는 고요함이 지배하고 있다. 차가움이 이곳에 사는 생물들의 기질과 조화를 이루고 있다. 천국은 우리 머리 위뿐만 아니라 발밑에도 존재한다.

요약글 읽기

겨울의 호수에서 나는 무엇을 했나?

고요한 겨울밤이 지나간 아침이면 간밤의 상념이 부질없었다. 아침이 환하게 밝듯 자연 속에는 이미 답이 있었다. 물을 뜨러 호수에 갔다. 눈이 쌓인 얼음을 깨고 땅 밑의 고요한 천국을 감상했다.

1846년, 얼음이 녹기 전에 해묵은 전설을 규명하기 위해 호수 바닥을 측정했다. 호수의 바닥이 없다거나 지구 반대편으로 뚫려 있다고 믿는 사람들이 있었기 때문이다. 나는 대구낚싯줄에 700그램 정도의 돌을 달아 수심을 측정했다. 그 결과 호수 밑바닥은 비교적 단단하며 31미터에서 32미터 정도의 깊이를 가지고 있었다. 또한 대체로 평평하며 가장 깊은 곳의 바닥은 수십여 미터 정도로 넓고 고르다는 것을 알아냈다. 월든 호수의 바닥측정이 정확한지 검증하기 위해 화이트 호수의 바닥도면도 만들어보았다. 이렇듯 우리가 자연의 법칙을 이해하면 구체적인 결과를 이끌어낼 수가 있다. 호수를 관찰하듯 평균의 법칙에 의해 사람의 본질도 밝혀낼 수 있을 것이다. 즉, 어떤 사람의 마음의 깊이와 밑바닥을 알고 싶다면 근처의 환경과 지형을 관찰함으로써 가능할 것이다. 높은 산으로 둘러싸였다면 그 깊이도 깊을 것이고 낮은 언덕에 둘러싸였다면 그 내면 또한 얕을 것이다.

호수의 유입과 유출현상에 대해서는 비와 눈, 증발현상 외에는 알아낸 것이 없다. 그러나 얼음 캐는 인부들에 의하면 얼음을 잘라내는 도중, 다른 곳보다 더 얇은 얼음층을 발견했는데 그곳으로 물이 유입된다고 했다. 또한 호수 밑바닥으로 물이 스며들어 저지대의 습지로 흘러간다고도 했다.

겨울의 호수에서 사람들은 무엇을 했나?

이른 아침부터 호수에 낚시를 하러 오는 사람들이 있다. 이들은 나무껍질 속에 잠자는 굼벵이를 미끼로 민물농어를 잡는다. 그리고 민물농어를 미끼로 다시 강꼬치를 잡는다. 잡힌 강꼬치는 사람에게 먹힌다. 이렇게 자연의 빈틈이 메워진다.

순박한 낚시꾼들의 원시적인 낚시방법은 나를 유쾌하게 만든다. 이들은 얼음구멍을 내고 낚싯줄이 끌려가지 않도록 나뭇가지에 묶어 놓는다.

그리고 구멍입구에 작은 나뭇가지 위로 낚싯줄을 걸쳐 나뭇잎을 달아 놓아 물고기가 미끼를 무는지 확인한다. 안개 낀 호수를 산책하다보면 20미터에서 25미터 간격으로 이렇게 만들어 놓은 낚시도구를 볼 수가 있다.

추위가 한창 기승을 부리는 1월인데도 여름에 쓸 얼음을 얻기 위해 땅 주인이 호수를 찾았다. 얼어붙은 하늘색 물고기의 지붕과 숨 쉬는 공간 을 마구 떼어갔다. 1846년과 1847년 사이의 겨울에 아일랜드인과 양키 감독관이 100명의 인부와 말, 기구를 가지고 얼음을 채취하러 왔다. 이 들의 얘기로는 날씨만 좋으면 하루 천 톤의 얼음을 채취할 수 있다고 했다. 얼음을 톱질해서 썰매에 싣고 물가에 어마어마하게 쌓아놓았다. 얼기 전의 호수는 흔히 녹색으로 보이지만 얼고 나면 푸른색을 띄었다. 이렇게 그 해 겨울 동안 약 1만 톤 정도를 채취했지만 무슨 이유였는지 다 팔려가지 못하고 쌓여 있다가 이듬 해 9월이 되어서야 완전히 녹아 다시 호수의 일부로 돌아갔다.

이렇게 16일 동안 창가에 서서 100명의 인부들이 얼음을 떼어내는 광 경을 지켜보았다. 이제 그들은 모두 가고 30일이 지나면 바다 빛 녹색 의 호수를 보게 될 것이다. 그 자리에 다시 쓸쓸한 아비가 날아와 잠수 를 하며 깃털을 다듬는 광경과 물에 뜬 낙엽처럼 홀로 배를 타고 자신 의 모습을 호수에 비춰보는 낚시꾼을 만나게 될 것이다.

본문 읽기

고요한 겨울밤이 지나면 나는 잠자리에서 품었던 '언제, 어디서, 무엇을, 어떻게'와 같은 질문에 답을 찾으려 무의미하게 애쓰던 기분과 함께 깨어났다. 그러나 모든 생물이 살아 숨 쉬는 대자연에 새벽이 오면, 고요하고 흡족한 얼굴로 내 너른 창을 들여다보는 대자연의 입술에 질문 따위는 보이지 않았다. 나는 대자연과 밝아오는 하루의 여명에서 질문의 답을 찾으며 일어났다.

§

아침 일을 시작할 시간이다. 꿈이 아닌 현실이라면 먼저 도끼와 들통을 들고 물을 찾으러 나가야 한다. 춥고 눈이 내리는 밤이 지나면 물을 찾기 위해 탐지봉이 필요하다. 잔물결이 일으키며 매 순간 아주 예민하고 모든 빛과 그림자를 투영하던 호수 표면은 겨울이 오면 30센티미터에서 45센티미터 깊이로 얼어붙는다. 그러면 아무리 무거운 마차가 지나가도 견딜 수 있다. 혹시 얼음 두께만큼의 눈이라도 쌓이면 들판과 높이를 구별할 수 없을 정도다. 호수는 언덕 근처에 사는 마못처럼 3개월이나 혹은 그 이상 눈꺼풀을 닫고 겨울잠에 빠진다. 온통 눈에 덮인 설원에 서면 언덕 가운데에 있는 목초지에 있는 것 같다.

나는 30센티미터의 눈을 퍼내고 일을 시작한다. 그리고 30센티미터 두께의 발 밑 얼음 창을 연다. 물을 마시기 위해 무릎을 꿇고 앉아 대지의 유리창을 통해 부드럽게 빛이 흩뿌려지는 고요한 수족관을 들여다본다. 호수의 마룻바닥은 여름과 다름없이 빛나는 모래가 깔려있다. 거기에는 해질녘의 황혼처럼 변함없는 고요함이 지배하고 있다. 차가움이 이곳에 사는 생물들의 기질과 조화를 이루고 있다. 천국은 우리 머리 위뿐만 아니라 발밑에도 존재한다.

§

세상에, 어떻게 한겨울에 이렇게 물고기를 잡을 수 있었을까?

오! 이 낚시꾼은 얼어붙은 땅바닥의 썩은 나무껍질에서 벌레를 잡아 물고기를 낚은 것이다. 그의 삶은 박물학자가 알고 연구하는 것보다 더 깊숙이 자연에 스스로 녹아있는 것이다. 박물학자는 그를 연구주제로 삼아야한다.

박물학자는 이끼와 나무껍질을 칼로 우아하게 들추어 벌레를 찾지만 낚시꾼은 나무를 눕혀 도끼로 쪼개서 이끼와 나무껍질을 여기저기 튀어 날아가게 만든다. 그는 나무껍질을 벗겨 생계를 잇는다. 이런 사람이야말로 낚시를 할 자격이 있다. 그리고 나는 그들이 보여주는 자연을 관찰하는 게 좋다. 민물농어는 굼벵이를 삼킨다. 강꼬치는 민물농어를 삼킨다. 그리고 낚시꾼은 강꼬치를 삼킨다. 이렇게 존재 간의 틈이 메워진다.

§

안개 낀 날, 어슬렁어슬렁 호수를 산책할 때면 순박한 낚시꾼들의 원시적인 낚시방법이 나를 즐겁게 만든다. 이 낚시꾼은 좁은 얼음구멍에 오리나무 가지를 걸쳐놓는다. 이렇게 호숫가로부터 같은 간격으로 20미터에서 25미터마다 설치하고 낚싯줄을 나뭇가지에 묶어 물속으로 끌려들어가는 것을 방지한다. 그리고 얼음 위에 30센티미터 정도의 오리나무 잔가지에 느슨한 낚싯줄을 걸친 다음, 마른 참나무 잎을 매달아 놓는다. 이 나뭇잎이 아래로 당겨지면 물고기가 물었다는 것을 알 수 있다. 이런 오리나무 가지가 호수를 반쯤 도는 동안 일정한 간격으로 안개 속에 어렴풋이 드러난다.

§

나는 오랫동안 알 수 없었던 월든 호수의 밑바닥을 확인하고 싶었다. 1946년 초, 컴퍼스와 사슬, 깊이를 재는 줄을 가지고 얼음이 깨지기 전에 조심스레 측량을 했다.

그간 호수 바닥을 두고 바닥이 있다는 둥, 없다는 둥 의견이 분분했는데 아무도 바닥이 없다는 근거를 대지는 못했다. 이런 분쟁거리가 있으면 확실히 밝힐 생각은 하지 않고 오랫동안 바닥이 없다고 믿다니 그저 놀랍기만 했다. 나는 산책을 한 바퀴 돌면서 인근에 바닥이 없다는 호수를 두 군데나 다녀온 적도 있다.

많은 이들이 월든 호수는 지구 반대편으로 통해져 있다고 믿었다. 누군가 호수의 얼음 위에 한동안 납작 엎드려서 어중간하게 혼동을 일으키는 물체를 바라보다가 어쩌다 눈물이라도 찔끔 나면 가슴에 담이라도 들세라 성급하게 '건초를 한 짐이 들어갈 정도의' 커다란 구멍을 보았노라 결론을 지어냈을 것이다. 그럴 리는 없지만, 혹시 누구라도 그곳에 들어갔다 치면 의심할

여지없이 저승 문이라거나 지옥으로 들어가는 입구라고 떠들어 댔을 것이다.

§

그러나 나는 독자들에게 월든 호수는 터무니없는 이야기와는 달리 상당히 단단한 바닥이 있다고 보장할 수 있다. 그 깊이가 예사롭지 않긴 하다. 나는 대구낚싯줄에 700그램 정도의 돌을 매달아 쉽게 바닥을 측정했다. 돌이 바닥에 닿았을 때 이것을 끌어올리려면 돌이 바닥에서 뜨기 전보다 더 많은 힘을 주어야 하기 때문에 정확한 측정이었다 말할 수 있다. 가장 깊은 곳은 정확히 31.09미터였다. 수위가 올라갔을 때를 고려해 1.5미터를 더하면 32.6미터다. 이렇게 작은 호수의 넓이에 비하면 상당한 깊이다. 약간의 에누리도 없이 정확한 수치다.

모든 호수의 수심이 얕다면 어떨까? 이것이 사람의 마음에 영향을 미치지는 않을까? 나는 월든 호수가 상징적으로 이토록 깊고 맑게 만들어진 것에 감사할 따름이다. 사람들이 어떤 호수는 바닥이 없다고 생각하는 동안만큼은 불멸을 믿을 테니까.

나는 얼음을 뚫고 조사를 했기 때문에 얼음이 얼지 않은 선착장에서 측량한 것보다 훨씬 정확하게 바닥의 형태를 측량할 수 있었다. 놀랍게도 바닥은 대체로 평평했다. 가장 깊은 곳에서는 10여 미터 정도의 넓이로, 일반적으로 햇볕을 받고 바람이 부는 경작지보다 더 평평하고 넓었다. 한 가지 예를 들자면, 임의로 한 선을 긋고 깊이를 측량했을 때 150미터까지는 크게 30센티미터 정도의 변동 폭이 있었고, 호수 중앙에 가까워질수록 어느 방향으로든 매 30미터마다 7센티미터에서 10센티미터 이내의 변동 폭을 계측할 수 있었다.

§

우리가 모든 자연의 법칙을 안다면, 특수한 결과를 도출하기 위해서 한 가지 사실이나 한 가지 자연현상의 묘사만으로도 충분할 것이다. 현재 우리가 아는 법칙은 거의 없기에 그 결과에 흠결이 많다. 이것은 자연의 복잡함과 불규칙성 때문이 아니라 계산에 필요한 기본요소를 모르기 때문이다. 우리가 알고 있는 법칙과 조화에 대한 개념이란 일반적으로 우리가 발견한 사실에서 더 벗어나지 못한다. 서로 상충하는 것처럼 보이는 방대한 결과를 낳는 조화와 우리가 알아챌 수는 없지만 실제로 일어나고 있는 법칙들은 아직도 무궁무진하다. 개별 법칙은 우리가 어떻게 보느냐에 달렸다. 여행자에 비유하면 매 걸음을 옮길 때마다 산의 능선 모양이 바뀌는 것과 같다. 실체는 오직 하나지만 수많은 윤곽으로 보이는 것이다. 산을 쪼개거나 뚫고 들어가도 전체를 파악할 수는 없다.

§

내가 호수에서 관찰한 결과는 사람의 도덕률에도 부합한다. 이것은 평균의 법칙이다. 이러한 둘 사이의 지름이 갖는 법칙은 천체 내 태양까지의 거리를 알려주는 것과 같이 사람 내면에 이르는 마음의 거리도 알려준다. 뿐만 아니라 개인의 어느 일상에서 벌어지는 모든 행동과, 내면의 굴곡이나 경사면이 만드는 삶의 파고에 대한 폭과 너비 사이에 선을 그어 만든 교차점은 그 사람이 가진 심성의 수준을 알려줄 것이다.

§

월든 호수에 물이 유입과 유출에 관련하여 나는 비나 눈, 그리고 증발의 현상 외에는 밝혀낸 것이 없다. 온노계와 낚싯줄을 설치하면 찾을 수 있을지도 모르겠다. 물이 들어오는 곳은 상대적으로 여름에 가장 차갑고 겨울에 가장 따뜻할 것이기 때문이다.

1846년에서 47년 사이의 어느 겨울 날, 얼음장수들이 일을 하던 중 호숫가에 얼음 쌓기를 거부한 적이 있었다. 얼음을 쌓기에 충분한 두께가 나오지 않았기 때문이다. 얼음을 자르던 인부가 그날의 얼음덩이들이 다른 곳보다 5센티미터에서 8센티미터 정도 얇다는 걸 발견했다. 그래서 이들은 그곳에 물의 유입구가 있다고 생각했다는 것이다.

인부들은 나를 잘라낸 얼음에 태워 이 호수물이 산 밑으로 스며들어 가까운 저지대 목초지로 흘러간다고 추정하는 장소도 보여주었다. 거기는 수심이 3미터 아래의 작은 구멍이 있는 곳이었다. 새는 구멍이 있다 해도 더 큰 구멍이 발견되기 전까지는 틀어막아야할 걱정은 안 해도 될 것 같다. 어떤 사람은 물이 스며나가는 구멍이 발견되어 저지대 목초지랑 연결되는 것이 밝혀지면 물감이나 톱밥을 흘려 물길을 잡아낼 수 있다는 제안을 했다.

§

아직 눈이 두껍고 얼음이 단단한 1월인데도 계산이 빠른 땅주인은 여름 동안 마실 음료를 차게 할 얼음을 채취하러 마을에서 왔다. 두꺼운 외투와 벙어리장갑까지 끼고 1월인데도 7월의 더

위와 갈증을 대비하는 현명함이 대단하기도 하고 한편으로는 애처롭기도 하다! 대비하지 못한 다른 것이 얼마나 많은데. 아마도 이 사람은 다음 생에서 여름 음료를 차게 만들 보물을 이번 생에서는 모으지 못할 것 같았다.

그가 잘라낸 호수의 덩어리는 물고기의 지붕을 벗긴 것이고 물고기의 공기와 터전을 강탈해 마차로 나르는 것이다. 밧줄로 나무를 묶듯 재빠르게 사슬과 말뚝으로 고정시킨 다음, 겨울바람의 보호를 받으며 겨울 저장고로 옮겨 여름까지 쌓아두는 것이다. 길을 통해 운반하는 이 얼음덩이들이 아득히 멀어질 때면 마치 하늘을 딱딱하게 다져놓은 것처럼 보였다.

얼음작업 인부들은 농담과 놀기를 좋아하는 재미있는 사람들이었다. 그들과 어울릴 때면 매번 나를 아래쪽에 세워 구멍방식 톱질에 끼워주었다.

§

더 자세히 말하자면 백여 명의 아일랜드 인부와 양키 감독관이 얼음을 매일 실어 나르기 위해 케임브리지에서 왔다. 이들은 설명이 필요 없는 잘 알려진 방식대로 얼음을 갈라 덩이로 만든 후, 썰매에 실어 호숫가로 날랐다. 그리고 재빠르게 얼음승강장으로 운빈해 말이 끄는 쇠갈고리와 도르래 장치로 끌어올려 밀

가루 통처럼 겹겹이 쌓았다. 구름을 뚫고 나가도록 고안된 오벨리스크의 단단한 기초를 만들 듯 나란히 차곡차곡 쌓아올렸다. 이 사람들이 말하길, 날씩 좋으면 4제곱킬로미터에 해당하는 양인 천 톤을 실어낼 수 있다고 했다.

땅에서처럼 깊은 바퀴자국과 홈이 생겼다. 썰매가 매번 같은 자리로만 다녀서 얼음이 닳아 생긴 자국이었다. 말들은 언제나 얼음덩이에 양동이처럼 속을 판 곳에 놓인 귀리를 먹어댔다.

§

1846년에서 47년 겨울에 채취된 얼음이 1만 톤으로 추정되는데, 이 얼음더미는 마지막에 건초와 판자를 씌워 보관했다. 그 해 7월에 지붕을 벗겨 일부 운반을 하고 나머지는 햇볕 아래에 그냥 두었다. 이 얼음은 그 해 여름과 다음 겨울까지 남아 있는데, 1848년 11월까지 녹지 않고 남아 있었다. 그럼으로써 호수는 잃어버렸던 대부분을 다시 찾을 수 있었다.

§

이렇게 16일 동안 창문을 통해 부지런한 농사꾼처럼 농기구를 가지고 일하는 100명의 일꾼과 마차와 말들을 똑똑히 지켜보았다. 마치 달력 첫 장에서 보는 그림 같았다. 혹은 종종 내다보며 종달새와 추수하는 사람의 이야기나 씨 뿌리는 사람의 우화와 그 비슷한 이야기들이 떠올렸다.

지금은 모두 가고 없다. 그리고 30일 정도 지나면 아마도 같은 창문을 통해 맑은 바다 빛 녹색의 월든 호수를 볼 수 있을 것이다. 구름과 나무를 투영하고 외로이 수증기를 피워 올릴 뿐, 그 위에 사람이 서 있었던 흔적 따위는 없을 것이다. 아마 나는 100명이 얼마 전까지 분명히 일을 했던 그 자리에서 잠수도 하고 깃털도 다듬는 외로운 아비의 웃음소리를 들을 수 있을 것이다. 그리고 물에 뜬 낙엽같이 홀로 배를 타고 물결에 자기 모습을 비춰보는 낚시꾼도 볼 수 있을 것이다.

■ 1850년 초, 매사추세츠에서 얼음을 채취하는 광경을 그린 그림.

Spring
봄

기분 좋은 봄날의 아침이면 모든 사람의 죄가 용서 받는다. 이런
날은 악함도 휴전을 하는 날이다. 이토록 햇살이 좋은 날에는 아주
지독한 죄인도 회계할 것이다. 우리는 스스로 순수성을 회복함으로
써 이웃의 순수함을 분별할 수 있다. 그대는 어제까지만 해도 이웃
을 도둑이나 주정뱅이, 호색가로 알고 있었을지도 모른다. 하지만
햇빛이 환히 비추는 따뜻한 봄의 첫날 아침은 세상을 바꾼다. 그대
는 평화롭게 일하고 있는 이웃을 만날 것이다. 이런 봄날이 쇠약하
고 타락한 핏줄을 얼마나 넓게 만들고 기쁨과 축복을 넘치게 하는
지 볼 것이다. 그리고 이웃의 모든 잘못은 잊고 어린아이의 순수함
을 느끼도록 만들 것이다.

요약글 읽기

월든 호수의 봄은 어떻게 시작되었나?

월든 호수에 봄이 왔다. 겨우내 한 번도 녹지 않다가 4월 초순이 되자 북쪽 물가와 얕은 곳부터 녹기 시작했다. 1847년 3월 6일, 월든 호수 중심부의 온도는 섭씨 0도였다. 호숫가는 0.5도 더 높았다. 봄에는 햇빛이 호수 위의 얼음을 녹이는 동시에 얼음을 통과한 빛이 바닥에 반사되어 얼음 아래쪽도 녹인다. 호수에서는 1년에 발생하는 여러 현상들이 매일 작은 규모로 일어난다. 얕은 곳의 수온은 낮 동안 빠른 속도로 올라가고 밤에도 빠른 속도로 내려간다. 말하자면 밤은 겨울이고 한낮은 여름이며, 아침저녁은 봄과 가을인 셈이다. 이 무렵, 호수의 얼음은 축포를 쏘듯 오전과 저녁때면 큰 소리로 울렸다. 이 얼음도 따뜻한 비가

내린 후에 안개라도 끼면 그 다음 날 호수에서 완전히 종적을 감출 것
이다.

월든 숲의 봄은 어떻게 시작되었나?

숲속 생활의 한 가지 매력은 봄이 오는 것을 지켜볼 기회와 여유가 생
긴다는 점이다. 해가 길어지고 큰 불을 지피지 않아도 겨울을 날 수 있
을 것이다.

마을로 향하다보면 철길을 놓기 위해 산비탈을 깎아놓은 곳을 지났다.
봄이 오면 철둑의 비탈을 타고 얼었던 모래와 진흙이 흘러내리는 현상
을 볼 수 있다. 모래의 작은 흐름들이 서로 겹치고 엉키며 반은 흐름의
법칙에 따라, 반은 식물이 자라는 법칙의 모양을 나타낸다. 이 형상은
마치 봄의 잎사귀처럼 자라나기도 하고 때로는 동물의 장기, 혹은 새의
깃털, 어느 때는 인체의 혈관처럼 자라고 강의 흐름을 연상시킨다. 어
찌 보면 사람의 손가락이나 발가락, 코의 생성과정을 보여주는 것 같기
도 하다. 이것은 자연이 가진 간과 폐와 내장의 모습이며, 바로 인류의
어머니가 자연임을 드러내는 것이다. 얼었던 대지에 웅크리고 있던 얼
음이 스며 나오면 비로소 봄이 되는 것이다. 여기에 더 이상 무생물은
없다. 지구는 화석으로 이루어진 땅이 아니라 살아 움직이는 땅이다.
월든 호수의 얼음은 점점 빠르게 녹고 이곳에 기대고 사는 생명들은 점
점 활기를 찾는다. 어제까지 차가운 회색의 얼음이 뒤덮였던 자리에 투

명한 호수가 희망의 빛을 보여주고 있다. 부드러운 봄비로 대지는 한층 푸르러지고 간밤에 내려앉았던 기러기들은 아침이 되자 북쪽을 향해 날아갔다. 이렇게 기분 좋은 봄날 아침이면 모든 사람의 죄가 용서를 받는다. 악함도 휴전을 하는 날이다.

4월 29일, 강둑에 나가 매 구경을 하고 물고기도 많이 낚았다. 봄의 첫 날 아침은 싱그러운 기쁨으로 가득했다. 우리는 모든 것을 탐구하려 들지만 그대로 둘 필요도 있다. 때로 동물의 사체가 우리를 언짢게 만들지만 독수리는 그 사체를 먹어 기운을 얻는다. 동물들은 서로 잡아먹고 먹히지만 그것이 자연의 포용력이다.

5월 초가 되자 활엽수들이 새싹을 내밀었다. 호수 근처에 사는 많은 새들의 울음소리를 들었다. 딱새는 집터를 알아보기 위해 내 방을 자꾸 기웃거렸다. 숲은 점점 자라났고 그 숲을 산책하는 동안 계절은 여름으로 접어들었다. 그렇게 첫 해의 숲속 생활이 끝났다. 이듬해도 크게 다르지 않았다. 그리고 1847년 9월 6일, 나는 월든 숲을 떠났다.

본문 읽기

일 년에 걸쳐 나타나는 계절의 현상이 호수에서는 작은 규모로 매일 일어난다. 일반적으로 보자면 큰 차이는 없지만 매일 아침 얕은 곳의 물은 깊은 곳의 물보다 더 빨리 따뜻해진다. 저녁이면 아침보다 더 빨리 차가워진다.

하루는 일 년의 축소판이다. 겨울은 밤과 같고 아침저녁은 봄과 가을 같다. 마찬가지로 한낮은 여름이다. 얼음이 깨지거나 울리는 것은 기온이 변한다는 지표다.

1850년 2월 24일, 추운 밤이 지난 기분 좋은 아침에 플린트 호수에 가서 히루를 보냈다. 도끼머리로 얼음을 쳤을 때 깜짝 놀랐다. 팽팽한 북을 쳤을 때와 같이 그 소리가 종처럼 사방 몇 십 미터에 메아리쳤다. 이 호수는 해가 뜨고 약 한 시간 후에 소리

211

를 울렸다. 햇볕이 산 위에서 비스듬히 떠오르며 비추는 영향 때문인 것 같았다. 잠에서 깬 사람이 기지개를 켜고 하품을 하는 것처럼 소리가 점점 커졌다. 이런 현상은 세 시간에서 네 시간 동안 지속되었다.

§

숲에 들어와 사는 매력 중의 하나는 봄이 오는 걸 지켜볼 수 있는 여유와 기회가 생긴다는 점이다. 호수의 얼음이 마침내 벌집모양으로 변하고 나는 그 위에 발자국을 남기며 걸을 수도 있다. 안개와 비, 따뜻한 햇볕이 점점 눈을 녹이고 하루가 느낄 수 있을 만큼 길어진다. 그러면 나는 불을 많이 때지 않아도 되니, 더 이상 장작더미를 쌓지 않아도 겨울을 날 수 있다는 것을 안다.

나는 봄의 첫 징조에 신경을 곤두세운다. 새들의 도착을 알리는 울음소리와 줄무늬 다람쥐의 식량이 거의 떨어져 울어댈 것이고 우드척은 겨울 둥지에서 나와 모험을 나설 것이다.

§

마침내 햇빛이 적당한 위치에서 빛나고 따뜻한 바람과 안개와 비가 눈 더미를 녹인다. 햇볕이 안개를 날려버리고 밭두렁을 태우는 흰 연기와 냄새가 가득한 황토색 바둑판무늬의 대지 위에서 웃음 짓는다. 겨울의 피로 가득 찼던 수많은 도랑과 실개천의 핏줄이 이를 떠나보내며 내는 물소리의 노래에 도취된 여행자는 섬과 섬을 건너듯 조심스레 지나간다.

§

마을로 향하는 길에 철길을 놓기 위해 깊이 파 놓은 비탈을 타고 얼었던 모래와 흙이 녹아 흘러내리는 보기 드문 현상을 관찰하는 것만큼 나를 즐겁게 하는 것도 없다. 철길이 놓이면서 철둑에 많은 물질들이 새로 생긴 철둑에 노출되는 현상이 늘어나기 마련이지만 이런 대규모 현상은 드물다. 이 물질은 입자가 고른 모래로 풍부한 색감을 지니며 진흙이 조금 섞였다.
모래는 서리가 걷히는 봄과 얼음이 녹는 겨울에 용암처럼 비탈을 타고 흐른다. 이따금 모래를 전혀 볼 수 없었던 곳에서 눈을 뚫고 흘러넘치기도 한다. 셀 수 없는 작은 흐름이 서로 겹치거나 섞이며 반은 흐름의 법칙을 따르고, 반은 식물의 성장법칙을 따르며 일종의 잡종의 양상을 띤다.

모래가 흐름을 위해 가장 좋은 재료의 덩어리를 써서 모랫길의 끝이 뾰족한 형태로 빠르고 정확하게 모양을 갖춰가는 모습은 놀랍기만 하다. 이것은 강이 흐르는 원인과 동일하다. 규소와 같은 강의 퇴적물은 강의 뼈대라 할 수 있다. 그 속의 훌륭한 토양과 유기물은 기름진 섬유질과 세포질인 것이다.

사람이란 그저 물렁한 진흙덩이에 불과하지 않을까? 손끝의 둥근 부분은 진흙방울이 굳은 것에 지나지 않는다. 손가락과 발가락은 사람의 몸에서 녹아나와 뻗은 것이다. 사람의 몸이 뻗어나가 점점 커져서 하늘 밑에 닿을지 누가 알겠는가?

§

봄의 첫 참새다! 어느 해보다 싱싱한 희망과 함께 시작된다! 마지막 겨울 파편이 짤랑대며 떨어져 내리듯 파랑새와 참새, 붉은 깃찌르레기Red-wing의 은은하고 맑은 지저귐이 조금은 황량하고 축축한 대지의 저편에서 들려왔다!

이런 순간에 역사와 연표와 전통과 모든 계시의 기록들이 무슨 소용인가? 시냇물이 봄을 맞아 기쁨의 노래를 부른다. 물수리는 낮게 늪지 위를 맴돌며 벌써 겨울잠을 깬 진흙투성이의 동물을 찾고 있다. 녹은 눈이 무너지는 소리가 온 골짜기에 울리고 호수의 얼음이 뒤질세라 녹고 있다.

아침에 문 앞에 서서 250여 미터 떨어진 안개 낀 호수 가운데를 선회하는 기러기 떼를 보았다. 어찌나 크고 떠들썩한지 월든이 녀석들의 놀이터 같았다. 하지만 내가 호숫가에 이르자, 대장의 신호에 따라 커다란 날갯짓으로 한꺼번에 날아올랐다.

29마리가 내 머리 위에서 둥그렇게 대열을 맞추더니, 길잡이 기러기가 내는 울음소리를 따라 갯벌에서의 식사를 예약하고 캐나다 쪽으로 곧장 방향을 잡았다. 때마침, 오리 떼도 잠에서 깬 시끄러운 사촌들을 따라 북쪽을 향해 진로를 잡았다.

§

기분 좋은 봄날의 아침이면 모든 사람의 죄가 용서 받는다. 이런 날은 악함도 휴전을 하는 날이다. 이토록 햇살이 좋은 날에는 아주 지독한 죄인도 회계할 것이다. 우리는 스스로 순수성을 회복함으로써 이웃의 순수함을 분별할 수 있다.

그대는 어제까지만 해도 이웃을 도둑이나 주정뱅이, 호색가로 알고 있었을지도 모른다. 하지만 햇빛이 환히 비추는 따뜻한 봄의 첫날 아침은 세상을 바꾼다. 그대는 평화롭게 일하고 있는 이웃을 만날 것이다. 이런 봄날이 쇠약하고 타락한 핏줄을 얼마나 넓게 만들고 기쁨과 축복을 넘치게 하는지 볼 것이다. 그리고 이웃의 모든 잘못은 잊고 어린아이의 순수함을 느끼도록 만들 것이다.

§

마찬가지로 우리는 성실히 모든 것을 탐사하고 배우지만, 만물을 신비롭고 개척되지 않은 채로 둘 필요도 있다. 땅과 바다는 영원히 야생 상태다. 이것들은 헤아릴 수 없기에 사람이 조사하거나 측량할 수 없다. 우리는 자연을 모두 취할 수 없다.
우리는 자연의 무궁한 힘, 어마어마하게 거대한 생김새, 난파선 조각이 널린 해안, 황무지에 살아있거나 썩어가는 나무들, 천둥 치는 구름과 3주간의 비가 만든 홍수의 장관을 보며 다시 태어날 필요가 있다. 우리는 스스로의 한계를 넘어 우리가 한 번도 가본 적 없는 곳에서 생명체가 자유롭게 풀을 뜯는 광경을 봐야만 한다. 사람에게 역겹고 혐오스러운 썩은 고기를 먹음으로써 독수리는 건강과 힘을 얻는다. 우리는 이것을 관찰하며 영감을 얻는다.

§

5월 초, 호수 주변의 소나무 숲에서 자라는 참나무와 가래나무, 단풍나무를 비롯한 많은 나무들이 싹을 틔웠다. 햇살이 대지를 비추듯 더욱 산뜻했다. 특히 구름 낀 날에는 해가 안개를 뚫고 나오는 것처럼 산비탈 여기저기를 어렴풋이 비췄다.

5월 3에서 4일 즈음, 호수에서 아비를 보았다. 5월 첫 주 동안 쏙독새와 명금, 개똥지빠귀Veery, 딱새Wood Pewee, 되새Chewink와 여러 새들을 보았다. 숲 지빠귀Wood thrush의 울음소리는 오래 전부터 들렸다. 딱새는 내 집 방문과 창문을 여러 번 기웃거렸다. 내 집이 동굴과 비슷해서 살기 적당한지 살피는 것 같았다. 녀석은 집터를 알아보는 동안 발톱으로 공기라도 움켜쥐고 있는 듯 날개 짓을 하며 공중에 떠 있었다.

§

이렇게 해서 1년 동안 월든 숲에서의 삶이 끝났다. 다음 해도 별반 다르지 않았다. 그리고 마침내 1847년 9월 6일 월든 숲을 떠났다.

THE DIAL:

A

MAGAZINE

FOR

LITERATURE, PHILOSOPHY, AND RELIGION.

VOLUME I.

BOSTON:
WEEKS, JORDAN, AND COMPANY,
121 WASHINGTON STREET.
LONDON:
WILEY AND PUTNAM, 67 PATERNOSTER ROW.
M DCCC XLI.

■ 초월주의자들의 기관지 「다이얼」의 창간호.
소로는 최초의 시 「연민Sympathy」을 기고했다.

Conclusion
맺음말

나는 숲에 들어올 때와 마찬가지로 의미 있는 이유로 숲을 떠났다. 내가 살아보고 싶은 삶이 더 있었고 더 이상 지체할 수 없었다. 우리는 얼마나 생각 없이 쉽게 하나의 특정한 삶에 몰입을 하고 스스로 그 길을 다져나가는지 그저 놀랍기만 하다. 내가 숲으로 들어와 일주일도 되지 않아 내 발자국으로 문 앞에서 호숫가로 이어지는 길을 만들었다. 내가 그 길을 걸은 지 5, 6년이 지났어도 아직 뚜렷하게 남아있다. 나는 사실 다른 사람을 그곳으로 불러들여 계속 길을 내도록 할까봐 두렵다. 지구의 대지는 사람의 발에 예민하고 여리다. 마음 여행의 길 역시 그러하다. 그렇다면 세상의 탄탄대로는 얼마나 닳고 먼지투성이겠는가! 전통과 타협의 수레바퀴 자국은 또 얼마나 깊겠는가!

요약글 읽기

나는 왜 숲을 떠났나?

나는 의미를 두고 숲으로 향했다. 그리고 의미를 가지고 숲을 떠났다. 내게는 아직도 탐구해야할 삶이 여러 개 남아 있었고 더 이상 지체할 수 없었다. 아직 숲에는 내 발자국이 만든 길이 남아있을 것이다. 하지만 사람들이 그 길을 답습하기를 원하지는 않는다. 나는 숲에서의 삶을 통해 이것만은 분명히 말할 수 있게 되었다. 사람이 자기의 꿈에 확신을 가지고 노력을 한다면 스스로도 예상치 못한 성과와 성찰을 얻게 된다는 사실이다. 비록 이미 알고 있었던 삶의 법칙일지라도 경험과 성찰을 통해 더 넓고 자유로운 의미를 얻게 된다.

나는 내 경험과 표현이 상식에서 벗어나지 못하지는 않을까 두렵다. 나는 본질에 가까운 모습으로 돌아가 내 마음이 강렬히 이끄는 삶을 살고 싶다. 할 수만 있다면 창조자와 나란히 걷고 싶고 내가 갈 수 있는 유일한 길을 가며 바닥에 단단한 기초를 세우고 싶다.

일상의 미망과 유혹에 빠져 헛된 가치를 좇고 싶지는 않다. 내게 사랑과 돈과 명성보다 진실을 달라! 일에 아무리 가면을 씌워 합리화를 해도 결국 진실만큼 도움이 되지는 않는다. 분별을 해야 한다면 오직 진실만을 섬겨야 한다.

우리는 어떻게 살아야 하나?

새와 들소는 스스로의 필요에 의해 자유롭게 산다. 하지만 왜 우리는 담장을 쌓는 순간 운명이 결정된다고 생각할까? 세상은 넓고 아직 밝혀지지 않은 부분이 더 많다. 하지만 그 보다 더 중요한 것은 사회와 국가라는 틀이 만든 진부한 미덕에 사로잡혀 정작 우리 내부에 대한 탐구를 소홀히 한다는 점이다. 우리는 모두 무궁한 내면의 바다를 지니고 있다. 우리는 스스로를 탐구해야만 한다. 우리는 왜 성공을 위해 필사적으로 매달리고 서두르는가? 헛된 현실에 휩쓸리지 말고 자기만의 박자에 맞춰 자기 길을 가야한다. 미래를 규정하지 말고 폭넓은 가능성으로 끊임없이 진실에 다가가야 한다.

비록, 우리 인생이 비천해지더라도 정면으로 마주 대하자. 피하고 욕하지 말자. 트집쟁이는 천국에서도 트집을 잡는다. 햇살은 부자의 마당과 가난한 자의 마당을 공평히 비춘다. 화초처럼 가난을 가꿔라. 새 것에 집착하지 말고 헌 것을 뒤집어 입어라. 사물은 변하지 않는다. 우리가 변할 뿐이다. 삶을 단순하게 만들수록 만물의 법칙은 단순해질 것이다. 우리가 가장 높은 지식을 얻는다면 아무리 낮은 지위에 있더라도 손해를 입지는 않을 것이다. 영혼의 필수품을 사는데 돈은 필요하지 않다. 그러나 아무리 잘 꾸며 입어도 거위는 거위일 뿐이다.

우리 중 아무도 인생을 완벽히 살아본 사람은 없다. 우리의 계절은 봄에 불과할지도 모른다. 하루의 반을 거의 잠든 채 지내면서 사람들은 현명하다고 우쭐댄다. 세상은 새롭고 진기한 일들이 끊임없이 일어나고 있다. 그러함에도 우리는 놀라울 정도로 지루함을 견디며 살아가고 있다. 만약 마음속에 공중누각을 세웠다면 그 일을 헛되게 만들지 말자. 그것을 거기에 있도록 만들자. 지금 당장 바닥에 초석을 세우자. 그리하여 60년의 세월을 뚫고 낡은 탁자에서 나온 애벌레처럼 찬란한 여름을 즐기자.

본문 읽기

아픈 사람에게 의사는 현명하게 공기와 환경을 바꾸라고 충고한
다. 감사하게도 지금 있는 곳만이 세상의 전부는 아니다. 칠엽수
류는 뉴잉글랜드에서 자라지 않는다. 흉내지빠귀Mockingbird의 울
음은 이곳에서 거의 들을 수가 없다. 야생 기러기는 사람보다 더
전 세계를 누빈다. 아침식사는 캐나다에서 하고 점심식사는 오
하이오에서 하며 저녁단장은 남부 강어귀에서 한다. 들소는 계
절에 따라 이동속도를 조절한다. 옐로스톤의 풀이 더 싱싱하고
맛나게 자랄 때까지만 콜로라도 목초지에서 풀을 뜯는다.
여전히 우리는 농장의 목책을 허물고 돌담을 쌓으면 그때부터
는 우리의 삶과 운명이 결정된다고 생각한다. 그대가 마을 공무
원으로 발탁이 되면 어이없게도 그대는 이번 여름에 티에라 델

푸에고불의 땅(Land of Fire)이라는 뜻의 스페인어에는 갈 수 없다. 대신에 그대는 영원한 지옥불의 땅The Land of Infernal Fire에 갈지도 모른다. 우주는 우리 생각보다 더 넓다.

§

나는 숲에 들어올 때와 마찬가지로 의미 있는 이유로 숲을 떠났다. 내가 살아보고 싶은 삶이 더 있었고 더 이상 지체할 수 없었다. 우리는 얼마나 생각 없이 쉽게 하나의 특정한 삶에 몰입을 하고 스스로 그 길을 다져나가는지 그저 놀랍기만 하다. 내가 숲으로 들어와 일주일도 되지 않아 내 발자국으로 문 앞에서 호숫가로 이어지는 길을 만들었다. 내가 그 길을 걸은 지 5, 6년이 지났어도 아직 뚜렷하게 남아있다. 나는 사실 다른 사람을 그곳으로 불러들여 계속 길을 내도록 할까봐 두렵다. 지구의 대지는 사람의 발에 예민하고 여리다. 마음 여행의 길 역시 그러하다. 그렇다면 세상의 탄탄대로는 얼마나 닳고 먼지투성이겠는가! 전통과 타협의 수레바퀴 자국은 또 얼마나 깊겠는가!

§

마침내 나는 경험을 통해 깨닫게 되었다. 사람이 확신을 가지고 자기의 꿈을 향해 전진을 하고 스스로 그리던 삶을 살기 위해 노력한다면 평범한 삶에서는 기대할 수 없던 성공을 만나게 될 것이다. 우리는 무언가를 버림으로써 보이지 않는 한계를 넘어 설 것이다. 새롭고 우주적이며 더 자유로운 법칙이 정립되어 우리와 함께 하고 오랜 법칙들은 확대 해석되고 더욱 자유로운 의식으로 좋게 재해석될 것이다. 그리하여 우리는 존재의 더 높은 질서를 누리는 특권으로 살게 될 것이다.

삶을 단순하게 만들수록 우주의 법칙은 덜 복잡해 보일 것이다. 고독은 고독이 아니고, 가난은 가난이 아니며, 약함은 약함이 아닐 것이다. 만약 공중누각을 세웠다면 그 일을 헛되게 만들지 말라. 그것을 거기에 있도록 만들어라. 지금 당장 그 밑에 초석을 놓아라.

§

왜 우리는 그토록 무모하게 성취하려 서두르고 필사적으로 일에 매달리며 사는가? 누군가가 동료와 발이 맞지 않는다면 아마 그 사람은 다른 북소리를 듣고 있기 때문일 것이다. 박자가 어떻든, 거리가 어떻든 상관하지 말고 그 사람이 듣는 박사에 발을 맞추도록 놔두자. 그가 사과나무나 참나무처럼 빨리 성숙해야 쓸모가 있는 것은 아니다. 그의 봄날의 시간을 여름의 시

간으로 바꿔야 하는가? 만일 우리가 무언가 이룰 수 있는 조건
이 갖춰지지 않은 상태라면 보완할 수 있는 현실 수단에는 무엇
이 있을까? 우리는 공허한 현실 때문에 난파선이 되어서는 안
된다.

§

일에 아무리 가면을 씌워도 진실을 대신할 수는 없다. 오직 진
실만이 얼굴에 딱 들어맞는다. 흔히 우리는 있어야할 곳에 있지
않고 엉뚱한 곳에 있게 되는 경우가 있다. 그럴 때면, 약한 본성
이 일을 꾸미고 그 속으로 자신을 슬쩍 밀어 넣는다. 결국, 두
가지 일을 동시에 하게 되어 빠져나오는 것도 두 배로 힘들다.
분별할 때에는 오직 있는 그대로 사실만을 섬겨라. 추측하지 말
고 해야 하는 말을 해라. 어떤 경우라도 진실은 미사여구보다
낫다.

§

아무리 천한 삶이라도 피하거니 니쁘게 말하지 말고 기끼이 그
삶을 받아들여라. 그 삶이 그대만큼 나쁘지는 않다. 그대가 제
일 부유할 때 삶을 가장 비참해 보인다. 트집쟁이는 천국에서도

트집 잡을 것이다. 가난하더라도 그대의 삶을 사랑하라. 그대가 허름한 집에 살더라도 기쁨과 감동과 영광의 시간은 있을 것이다. 석양은 빈민구호소의 창문에서도 부자의 집만큼이나 밝게 빛난다. 이른 봄이면 빈민구호소 문 앞에 쌓인 눈도 녹기 마련이다.

§

사랑보다, 돈보다, 명성보다 내게 진실을 달라. 나는 기름진 음식과 술, 아첨하는 시중꾼이 넘쳐나는 식탁에 앉아있었다. 거기에 순수와 진리는 없었다. 그래서 굶은 채로 삭막한 탁자에서 일어났다. 만찬은 얼음만큼이나 차가웠다. 포도주를 차갑게 할 얼음이 없어도 될 것 같았다. 그들은 내게 와인의 숙성기간과 빈티지Vintage, 포도주의 생산연도와 생산지역 등을 일컫는 말의 명성에 대해 말했다. 그러나 나는 더 오래되고, 더 새로우며 순수한 와인이자 그들이 가질 수도, 살 수도 없는 훌륭한 빈티지의 와인을 고민하고 있었다. 격조 있는 집과 뜰, 만찬은 내게 의미 없는 것이었다.

내가 왕을 알현했을 때, 그는 나를 현관에 기다리게 하면서 접대할 능력이 없는 사람처럼 난처해했다. 속이 빈 나무에 살고 있는 이웃 사람이 있다. 그의 예절은 진실로 제왕의 것이었다.

227

그를 방문하는 게 나을 걸 그랬다.

§

우리 삶은 강물의 수위와 같다. 이번 해에 예상보다 더 높이 상
승해 메마른 고지대에 흘러넘칠 수도 있다. 그런 일이 정말 일
어난다면 우리의 사향 쥐는 모두 물에 빠져 죽을 것이다. 우리
가 사는 곳이 언제나 마른 땅은 아니다. 나는 깊은 내륙에서 홍
수가 기록되기 이전의 고대에 물이 휩쓸고 지나가는 바람에 생
긴 둑을 보았다.

모두들 뉴잉글랜드에 떠도는 이야기를 들어보았을 것이다. 코
네티컷에 살다가 나중에 매사추세츠로 이사한 어떤 농부의 부
엌에 60년이나 있었던 마른 사과나무 탁자에서 힘세고 아름다
운 벌레가 나왔다고 한다. 벌레의 알은 그 나무가 잘리기 여러
해 전에 깐 것으로 밝혀졌는데 나이테를 일일이 세 봄으로써 확
인이 되었다. 벌레가 나무를 갉는 소리가 수주일 동안 들렸다고
한다. 아마 솥의 열기로 인해 부화한 모양이었다.

이 이야기를 듣고 불멸과 부활에 대한 믿음이 커지지 않은 사람
이 있을까? 누군가의 알이 처음에는 싱싱하게 살아있던 나무의
흰 속살에서 태어났지만 사회라는 죽고 메마른 삶의 동그란 나
이테 속에 묻힌 채, 점차 바짝 마른 무덤으로 변해 있다가, 세상

228

에 제일 흔한 싸구려 가구 속에서 갑자기 튀어나와–아마도 수
년 동안 갉는 소리 때문에 즐거운 식탁에 모인 가족을 놀라게
할지도 모르지만– 아름다운 생명의 날개를 펼쳐 더할 나위 없
는 여름을 즐기게 될지 누가 알겠는가!

1817년, 7월 12일 매사추세츠의 콩코드에서 태어났다. 아버지
는 줄곧 사업에 매달렸으나 사업실력은 그리 신통치는 않았다.
훗날 연필제조업을 하며 다소 형편이 나아졌다. 그 동안 어머니
가 하숙을 하며 가사를 도왔다. 헨리가 하버드를 다닐 때 대부
분의 학자금을 조달했다.

헨리의 형제는 위로 누나 헬렌과 형 존, 그리고 여동생 소피아
가 있었다. 헨리는 형 존을 무척이나 따르며 좋아했다. 어릴 때
부터 자연에서 낚시와 사냥을 함께 즐기며 보냈다. 열한 살에
콩코드 아카데미에 입학해 초급교육을 마치고 1833년에 하버
드 대학에 진학했다.

스무 살이던 1837년, 하버드 대학을 졸업하고 콩코드 공립학교

230

에 잠시 교사로 취직을 했지만 아이들 체벌을 반대하다 사직서를 냈다. 아버지의 연필공장에서 일하며 일기를 쓰기 시작했다. 조용하고 침착해 보였지만 그의 내면은 고집스러워 보일 정도로 엄격한 금욕주의자이자 신념에 차 있었다. 그 해에 그의 인생에 큰 영향을 끼친 랄프 왈도 에머슨을 만났다. 이후 에머슨은 총명한 후배를 물심양면으로 아끼며 지원했고, 그런 에머슨은 헨리에게 존경의 대상이자 자신이 넘어야 할 큰 산이었다.

1838년에 형과 함께 집에 사설학교를 설립하고 콩코드 문화회관에서 처음으로 강연을 했다. 당시 미국인들에게는 강연이 가장 큰 오락거리였다. 이듬해에 형 존과 함께 손수 만든 보트에 낚시도구와 엽총을 싣고 콩코드 강과 메리맥 강을 여행했다. 이 경험은 1849년에 『콩코드 강과 메리맥 강에서의 일주일』이라는 제목으로 자비 출판되지만 대중적 인기는 얻지 못했다.

스물세 살이던 1840년, 초월주의자들의 기관지인 「다이얼」에 시와 수필을 기고했다. 다음 해인 1841년에 형의 건강이 좋지 않아 성공적으로 운영되던 사설학교를 폐쇄하고 에머슨 저택에 관리인으로 취직을 했다. 형 존은 면도를 하다 생긴 상처가 파상풍이 되어 1842년에 죽고 말았다.

강연을 하거나 잡지에 기고하며 지내던 헨리 데이비드 소로는 1845년, 자신의 신념을 증명하기 위해 월든으로 향했다. 초월주의 사상을 지닌 다른 사람들과 다르게 그는 사실에 기초한 과학적 탐구와 추론을 신봉했다. 월든에서 지내던 도중 노예제와 멕시코 전쟁에 반대하여 인두세 납부를 거부하는 바람에 감옥에 투옥되었으나 그 다음날 바로 석방되었다.

월든 숲을 나온 후에는 측량과 강연을 하고 원고를 쓰거나 수정하며 지냈다. 1854년에 『월든』초판이 발행되었다.

나이가 들수록 숲에 더욱 이끌린 헨리 데이비드 소로는 마흔 셋이던 1860년 겨울에 그루터기의 나이테를 세다가 독감에 걸리고 말았다. 그러함에도 강연 약속을 지키기 위해 무리를 하다 더욱 병이 악화되었다. 이것이 원인이 되어 결국 1862년 5월 6일에 폐결핵으로 생을 마감하고 말았다.

대표적인 작품으로 『월든』, 『콩코드 강과 메리맥 강에서의 일주일』, 『시민불복종』, 『원칙 없는 삶』, 『메인 숲』, 『케이프 코드』, 『산책』 등이 있다.